飛躍青春系列

校園謎團事件簿 3

奇跡之花

前稱《S傳說來了》

利倚恩 著

大蝦沙律 圖

山邊出版社有限公司

「飛躍青春」系列
校園謎團事件簿3．奇跡之花
作　者：利倚恩
繪　圖：大蝦沙律
策　劃：甄艷慈
責任編輯：葉楚溶
美術設計：李成宇
出　版：山邊出版社有限公司
香港英皇道499號北角工業大廈18樓
電話：（852）2138 7998
傳真：（852）2597 4003
網址：http://www.sunya.com.hk
電郵：marketing@sunya.com.hk
發　行：香港聯合書刊物流有限公司
香港新界大埔汀麗路36號中華商務印刷大廈3字樓
電話：（852）2150 2100　傳真：（852）2407 3062
電郵：info@suplogistics.com.hk
印　刷：中華商務彩色印刷有限公司
香港新界大埔汀麗路36號

二〇一八年八月初版

ISBN: 978-962-923-462-1

18/F, North Point Industrial Building, 499 King's Road, Hong Kong
Published and printed in Hong Kong

目錄

葉山匠

（暱稱：阿匠）

3B 男班長，自稱惡魔的高材生。聰明，毒舌，個性難以捉摸。

凌芯藍

（暱稱：小藍）

3B 女班長，調皮小惡魔。樂觀，人緣好，充滿魄力。

（暱稱：小星星）

3B 班動漫女皇，外表斯文，但舉止粗魯，鍾情於二次元美少年。

池健翔

（暱稱：忍者）

3C 班運動健將，誠修書院中學部校草。單純，熱血，崇拜英雄。

石柏純

（暱稱：純純）

3A 班植物宅男，沉默寡言的美少年。長相像女生，但最怕女生。

謎團一　奇跡之花

身邊人會令心受傷，受傷的心會令性格改變。每個人都無法徹底遠離人羣，怎樣才能安然度過每個花開花落的季節呢？

石柏純長相像女生，品性純良，溫文有禮貌。在小學的班級裏，男生和女生經常吵架，他和女生們卻意外地談得來。

每個學年，誠修書院小學部都有插班生入學。小六那年，純純班裏來了一名女生。她垂下頭跟着班主任走入教室，班主任對同學說她叫薔薇，然後叫她作自我介紹。

薔薇瘦削嬌小，沒瀏海的及肩中長髮遮住臉頰。同學們帶着好奇的心情等待她抬起頭，一睹她的真面目。

「請……大……大家……多多指教……」

薔薇的聲音太小了，同學們聽不到她的話，看不到她的樣子，顯得有點不耐煩了。

班主任不想耽誤上課時間，打圓場説：「大家下課後再自我介紹吧。」他指着教室後面説：「薔薇，你坐在石柏純旁邊的空位。」

薔薇仍然垂着頭，默默地走到自己的座位，從書包取出課本和文具。

「我叫石柏純。」

純純向薔薇打招呼，可對方不抬頭不回應。後座和走道旁的同學亦有向她打招呼，可她完全無視四周的同學。

薔薇太奇怪了，純純忍不住不時斜眼望過去。她的頭幾乎沒抬起來，竟能把黑板的筆記抄錄下來。

到了小息，兩個頑皮的男生走到薔薇的座位前，俯首窺看她的臉。薔薇的頭越縮越低，她想走出座位，卻被那些男生擋住走道。

「你們不要欺負新同學，人家只是害羞啦。」

後座的女生走上前來，推開擋路的男生。她對薔薇說：「你不要理他們，我們做朋友吧。」

「可……可以嗎？」薔薇細聲問。

「當然可以啦。」

薔薇緩緩地抬起頭，展露真摯的笑容。

女生一看到薔薇的臉，隨即「呀」的尖叫，掉頭奔出教室。

那兩個男生迅速走到薔薇面前，大喊：「哇呀！獨眼妖怪！」

薔薇的左眼戴了白色眼罩，眼罩上面有一點化開的紅色，加上受到髮型和說話語氣影響，散發出既陰沉又詭異的氛圍。

教室裏的同學盯着薔薇，開始議論紛紛。無情的批評像一顆顆石頭撞擊腦門，薔薇受不了，摀住雙耳，垂頭跑出教室。

小息結束後，薔薇回到教室上課，她依然不抬頭不作聲。純純不怕薔薇，反而有點擔心她。他從筆記簿撕下一角，寫下：「你的眼睛是不是受傷了？」接着偷偷把字條傳過去。

過了一會，薔薇傳回字條，上面寫着：「割除了眼瘡，傷口癒合不好，有時會滲血。」

既然已經做了手術，眼睛有一天會康復。純純總算放心了，當薔薇的傷口痊癒了，不再戴眼罩，同學們便會接受她。

第二天，中文老師要同學四人一組做報告，並且規定每組都要有男生和女生。當全班同學分組後，只剩下薔薇沒有入組。

「哪組可以多加一個人？」中文老師問。

「我不要跟獨眼妖怪同組。」有男生喊。

「不要胡亂替同學改綽號！」中文老師瞪了該男生一眼。

「薔薇不如來我們這一組。」純純說。

「喂呀，我不想和她同組。」同組的女班長抱怨。

「對啊，看着她就覺得噁心。」另一個女生說。

「她的眼睛有傷口才要戴眼罩，我們患感冒時也會戴口罩，只是佩戴的位置不同。」純純只是說出事實，並非刻意為薔薇說好話。

既然有同學主動提出讓薔薇同組，中文老師順勢解決分組的問題。女班長深感不滿，惡狠狠地瞪着薔薇。除了純純，組內沒有人跟薔薇說過一句話。

過了不久，薔薇的眼睛康復了，不用再戴眼罩。不過，她依然經常垂下頭，以頭髮遮臉，對人不瞅不睬。陰沉的個性不討喜，沒有人願意靠近她。即使有所接觸，同學們也會惡言相向。

學校旅行日，同學們分成小組在郊野公園野餐。薔薇慣性地落單，她好像已經習慣了，獨自離開人羣，走到旁邊的大樹下。

純純和三個男生一組，他不勉強薔薇加入小組，卻很想表達一點關心。他得到組員的同意，分一點食物給薔薇。

純純拿着紙碟向着大樹走過去，鄰組的女班長咬牙切齒，以鋭利的視線追着他。

本來出自真心的善意，在某些人眼裏，卻是狠毒的惡意。一旦惡意演變成行動，便會啟動逆轉命運的輪子。

隨着眼罩的消失，男生們對薔薇的嘲笑也停止了。然而，女生們討厭薔薇的原因不是眼罩，而是陰沉的個性，讓人覺得她高傲且沒有禮貌。

「為什麼對她這麼好？」女班長站起來，憤然走向大樹下。

薔薇接受了純純的好意。當純純離開，她正想吃東西時，女班長出手把紙碟撥開，食物散落一地。

「哎呀！我不小心絆了一下，把你的紙碟打翻了，對不起！」女班長的道歉只是做做樣子。

誰也看得出女班長是故意的。薔薇沒有發脾氣，蹲下身撿起地上的食物。女班長以輕蔑的目光瞅着她，說：「真骯髒啊……你的手！」

薔薇一而再被女班長針對，原因顯而易見。為了保護自己，她知道以後要怎樣做了。

有一天，薔薇用來載視藝課用具的袋子破了，她捧着畫簿、畫筆和水彩等，走在路上很是狼狽。

純純在走廊另一頭看到薔薇，跑過去想幫她拿東西。

「走開！不要管我！」薔薇罕有地大吼。

「我只是想幫你。」

「我從來沒有請求你幫我，你的所謂幫助，只是為了自我滿足，不斷為我添麻煩！」

「你說什麼？自我滿足？我沒有這樣想過。」

萬一被女班長見到他們在說話，又會被惡意針對了。

薔薇抱緊手上的東西，撇下純純趕快跑下樓梯。

從小被教導要幫助有困難的人，現在竟然遭到否定，叫純純十分難受。女生的想法真是難以理解，為什麼薔薇要遷怒於我？難道我應該對她不聞不問嗎？

這天的體育課是打排球。下課後，輪到純純的小組留在禮堂收拾，五人小組的成員包括女班長和薔薇。

他們先把球網和標竿放在體育用品儲物室，再把所有排球放在收納筐內。薔薇和圓臉男生分別站在收納筐兩旁，合力把收納筐推向體育用品儲物室。

走到禮堂中央的時候，薔薇不小心絆了一跤，連同收納筐一同倒下，裏面的排球都滾出去了。

「看你做的好事！害我們又要重新收拾了。」女班長不滿地嚷。

「對不起！」薔薇細聲説。

縱使心裏不情願，但同學們為了儘快離開，唯有分頭把排球撿回來。

「又不是我把收納筐推倒，和你同組真倒楣！」女班長邊撿球邊抱怨。

「你先回去，由我們來收拾便可以了。」

純純以為女班長累了，出於好意讓她先休息。誰料這麼一説，女班長反而認為他偏袒薔薇，話中有刺，心裏不是味兒。

純純走開撿球，女班長則從遠處把排球扔入收納筐裏，有些留在收納筐內，有些反彈出來，任誰都看得出她正在發脾氣。

突然，禮堂爆出「嘭」的巨響，緊接而來是「哐噹」的聲音。純純應聲跑到牆前，原本掛在牆上的相架掉到地上，相架的玻璃被砸碎了。

薔薇和女班長盯着地上的相架，全身僵住了。之後，另外兩位同學也從遠處跑過來。

儘管純純看不到事發經過，但從薔薇和女班長的表情來看，多半是女班長砸爛相架，而薔薇是目擊者。

一位老師剛巧經過禮堂外面，他聽到砸碎玻璃的聲音，於是走入禮堂看個究竟。

「這是誰做的？」老師掃視眼前五人，嚴正地問。

一陣沉默在禮堂蔓延開來，同學們交替互望彼此，沒有人願意率先發言。

女班長害怕極了！她不想受罰，更加不想聲譽受損。事發時只有她和薔薇在場，她要先發制人嗎？不，純純一定會維護薔薇，那麼……

女班長伸出手臂，指着純純說：「是石柏純用排球砸爛相架的。」

純純錯愕極了，耍着手說：「不是我做的啊！」

「那麼是誰做的？」老師問純純。

「我⋯⋯我不知道。」

純純不想隨便說出沒有證據的指控，不想對任何人造成傷害。

「其他同學呢？」老師再問。

另外兩位同學也是看不到當時的情況，只好如實回答不知道。

薔薇是唯一目擊者，只有她能夠證明純純的清白。純純用眼神向薔薇求助，她猶疑了一會，然後把視線移開了。

為什麼可以若無其事冤枉無辜的人？為什麼明知我被冤枉都不出來澄清？女班長討厭薔薇，冤枉她還可以理解，為什麼要冤枉我？純純怎樣也想不通。

剎那間，純純覺得同學們的臉孔十分陌生，再也不是他一直認識的人。

「石柏純，你今天放學後來校務處，我會打電話叫你的媽媽來學校。」

聽到「媽媽」兩個字，純純立刻變了臉色，心臟抖個不停。

「老師，千萬不要告訴媽媽！」

「為什麼不？」

「因……因為……媽媽工作很忙。」

最近，石媽脾氣暴躁，很容易動怒，純純在家裏總是戰戰兢兢。假如要石媽特地來學校，恐怕會被她嚴厲責罵。

「如果你沒有做錯事，就不怕媽媽來學校。」

純純的反應令老師更加懷疑是他砸爛相架。

這件事很快傳遍整班，同學們都向純純投以異樣的目光。

放學之前，教室沉重的氛圍令純純透不過氣，快要缺氧窒息了。當放學鐘聲響起，純純毅然衝出教室，跑下樓梯。他不知道要去哪裏，只是不停地奔跑。

小學部和中學部有通道相連，純純不知不覺跑到中學部，看到戶外儲物室和圍牆之間有狹窄的走道，於是鑽進去躲起來。他坐下來抱着膝蓋，回想被人冤枉的經過，不禁偷偷啜泣。

這時，中學部園丁勇哥發現了純純。每年學期初，總有一兩個小學生迷路闖進來，再由工友帶回小學部。現在已經開學一段時間了，勇哥一眼看出這個小男孩遇到麻煩了。

「小學部以前有養兔子，現在還有嗎？」勇哥在純純身邊坐下來，慈聲問。

純純吃了一驚，環視四周，才發現來到中學部。他點頭回答：「有。」

「原來還有啊，你有沒有幫手餵兔子？」

「我沒有參加小動物飼養組，不可以餵兔子。」

從簡單的對話中，勇哥看得出純純是個乖巧有禮貌的孩子。

「你負責在學校種花嗎？」純純望着勇哥手中的澆水壺問。

「對呀，你看！」勇哥指着圍牆前的花槽說，「中學部所有花草都是由我栽種的。」

「真厲害！」

「我只是個普通園丁，最厲害的是植物本身。」

「為什麼？」

「每當我心情煩悶時，就會和植物說話。看着它們在微風中輕輕擺動，好像告訴我沒問題的，加油啊！植物是最好的聆聽者，是我的好朋友。」

純純想了想，起來走到花槽前，蹲下身凝視着一朵朵星形白色小花。他細聲說出不愉快的經歷，眼淚不自覺地流下來。

儲物室附近沒有其他人，勇哥清楚聽到純純的煩惱。他作為完全沒關係的外人，唯有寄望老師能夠查明真相，還純純清白。

說也奇怪，當純純說完後，壓在心裏的恐懼好像消失了。他用手背擦掉眼淚，對勇哥說：「我現在要回去了，拜拜！」

當純純來到校務處時，石媽已經一臉不悅在那裏等候了。

「你去了哪裏？」石媽怒吼。

純純害怕得縮起肩膀，下意識向後退。

「你是故意躲起來吧？從小我就教你做錯事要認錯，你竟然畏罪潛逃！」

「我不是畏罪潛逃，我沒有做錯事。」

「不是你砸爛禮堂的相架，老師怎會叫我來學校？你為什麼變得這麼壞？」

每當石媽認定是純純的錯，無論純純怎樣解釋，她都聽不進去。老師在哪裏？純純想清楚交代當時的情況，再讓老師查明真相。

「你是故意生事製造麻煩吧？你有那麼討厭我嗎？」

石媽越説越激動，抓住純純的衣領厲聲喝罵。

不！我一點都不討厭你！純純在心裏呼叫。

老師從教員室出來，見到石媽抓住純純。他正想上前分開兩人，盛怒的石媽使勁推開純純。純純站不穩向後仆倒，手臂撞倒雨傘架，接着後腦撞到地板。

左手手臂傳來劇痛，頭腦渾沌，視線和聲音漸漸模糊。純純聽到有人尖叫，有人喊流了很多血，有人喊叫救護車。

在昏倒之前，純純的腦海裏浮現出一張張猙獰的女生臉孔。

純純被送入急症室，手臂被雨傘架的尖角割傷，由於衝力太大，傷口又長又深。他的後腦受到嚴重撞擊，出現短暫視力模糊，在醫院住了一段時間。

石媽以虐兒的罪名被警方拘捕。純純受到很大打擊，無法即時向警方錄口供。等到可以錄口供時，他對警察說：「是我自己不小心跌倒的。」

雖然有老師做目擊證人，但沒有錄像，無法確實證明當時的情況。最後，警方由於證據不足，對石媽撤銷起訴。

事發後，純純一直不敢靠近石媽。不久之後，純純的父母離婚，石媽離家，兩母子再也沒有聯絡。究竟是石媽不想見他，抑或石爸不允許他們見面？這個問題，純純一直放在心底裏。

當純純再次回到學校，薔薇已經退學了。自此，他對女生產生莫名的恐懼，一旦有女生靠近，便會立刻走開。

為了遮住左手手臂的疤痕，純純外出時會穿長袖衣服。他還把內心封閉起來，經常垂下頭，頭髮半遮臉。在學校裏，他不說話，不和同學接觸。他漸漸改變，變得跟薔薇一模一樣。

純純經常留在家裏，沒必要也不上街。但他不想石爸擔心，在家裏會如常和石爸說話。

女班長沒有升上誠修書院中學部，砸爛相架的事早已被同學遺忘，可純純還是和以前一樣。勇哥讓純純留在溫室，教他種植技巧，給他容身之所。全靠這個避風港，他才能安然度過兩年初中。

中三開學不久，純純遇到葉山匠，被騙加入S傳說研究社。四位成員經常在溫室流連，他的校園生活從此起了翻天覆地的變化。

* * *

S傳說研究社的成員誤以為純純患上失語症，他不打算解釋，也不積極參與社團活動。然而，當班裏的同學都把他當作透明人，只有S成員視他為好朋友。

隨着相處的日子增加，友情的重量不斷累積，純純不想再說謊，卻也不敢說出真相。直至謊言揭穿了，他怕失去難得的朋友，一直裝病請假。

誰料在純純躲在家裏期間，S成員不但沒有生氣，還千方百計尋找他、留言鼓勵他，使他十分感動。

在學校的便服日，純純終於鼓起勇氣再次回到學校。他在同伴面前捋起衣袖，讓他們看到左手手臂的疤痕，說出令人痛心的往事，並且為說謊的事道歉。

謊言彷彿千斤重的盔甲，卸下來後，身心都變得輕鬆了。傷痛的往事無法改變，身上的疤痕無法消失，但只要有真誠相待的朋友，就能彼此分擔和安慰。

下個上學日，純純回到學校的溫室，一聲「我回來了」叫勇哥泣不成聲。

在純純難過時，勇哥不說教，陪在他身邊，等待他心裏的傷口慢慢癒合。

純純很感激勇哥溫柔的守護，要是逼得太緊，他肯定會跑掉，到時可能會受傷更深。

午後的陽光映照溫室，在地上畫出不規則的光影。溫室和種植場繁花盛放，勇哥忙於準備更換校園裏的盆栽，還要應家政老師的請求，種植各種香草。

S成員聚會時，勇哥摘了薄荷葉，泡了薄荷茶，給他們品嘗。

「薄荷茶很清涼，喝起來很舒服啊！」小藍發出驚歎聲。

「廢話！不清涼就不是薄荷茶了。」阿匠說。

「這樣喝下午茶，溫室好像變成咖啡店，如果有蛋糕或曲奇餅就完美了。」星美說。

「我有曲奇餅。」純純差點忘了書包裏有咖啡店「Restart」的曲奇餅，他拿出來說，「爸爸請你們吃的。」

「為什麼請我們吃曲奇餅？」忍者問。

石爸很感激S成員關心純純，特地買了曲奇餅給他們。純純覺得這樣做太老套，本來不想送出去，最後敵不過石爸的糾纏，只好勉為其難帶回學校。

不過，石爸送曲奇餅的理由實在太難為情了，純純怎樣也說不出口。

「一定是我們太可愛了。」小藍把曲奇餅分給星美。

「沒辦法，可愛就是原罪。」星美點頭說。

「你們多久沒照鏡子？」阿匠調侃她們。

小藍把話題帶開了，純純反而鬆了一口氣。

「說起來，我們為了追查S傳說，才發現這間咖啡店，算是意外收穫呢！」忍者說。

「對了，溫室會不會也有S傳說？」小藍問純純。

「我不知道。」

勇哥正在蹲在地上修剪花草，全體成員的視線不約而同朝他射過去。

「勇哥，溫室有沒有S傳說？」小藍跑過去問。

「有呀。」勇哥站起來說。

「真的嗎？」

勇哥帶大家去種植場後面，那裏有一棵盛開的白茶花樹。在陽光的照射下，一朵朵白茶花閃爍出耀眼的光芒。

「五年前的春天，這棵樹像現在一樣開滿白茶花。有一天放學後，樹上竟然開出一朵紅茶花。白茶花樹不可能開出紅茶花，我第一次看到這種異象。那時候，我媽患了重病，醫生說她隨時會離去，叫家人做好心理準備。我於是向紅茶花許願，祈求她早日康復。當天晚上，媽媽的病情奇跡好轉。

第二天早上，我回到學校，紅茶花已經消失了。」

「消失了？不是凋謝了？」純純問。

「是的，就連曾經綻放過的痕跡都沒有。我相信是紅茶花實現我的許願，帶來了奇跡。」

「這是的你個人奇遇，你沒有對人說，所以沒有流傳開來。」阿匠說。

「嗯，但是，那天之後，這棵樹再沒有開出紅茶花了。」

「勇媽現在怎麼樣？」小藍問。

「畢竟年紀大，總有一些老人病，現在住在醫院裏。最大問題是白內障越來越嚴重，我媽快要完全看不見了。兩個孫女喜歡畫畫，每次探病都送圖畫給她。雖然她笑着說很漂亮，但我知道她看不清楚，甚至連孫女們的樣貌都漸漸模糊了。」

勇哥仰望着白茶花樹，感慨地說：「如果紅茶花再開，我會祈求媽媽的眼睛看得見。只有五分鐘就夠了，讓她看清楚孫女們的樣子和圖畫。」

所謂奇跡，出現過一次，就不會有第二次。但是，面對無能為力的事情，勇哥只能把希望再次寄託於奇跡。

「紅茶花救過我媽一次，我不可以太貪心。」勇哥搖頭輕歎。

S成員離開溫室後，勇哥無奈的表情在他們腦海中揮之不去。他平時總是一副看化世事的模樣，沒想到他也有無法釋懷的煩惱。

純純的心情尤其忐忑，在他最徬徨的時候，勇哥向他伸出援手。現在，他可以為勇哥做些什麼呢？

純純停下腳步，對前面的同伴說：「孝順不是貪心，我想幫勇哥完成心願。」

眾人回過頭來，嘴角泛起一抹淺笑，他們也是想着同一件事。

「好，我決定了！」小藍握着拳頭，雙眼炯炯有神。

「我都決定了。」忍者說。

「來了，你們決定的不會是好事。」阿匠說。

「哈，這是我們最齊心的一次呢！」星美笑着說。

「我們要讓白茶花樹再次開出紅茶花！」小藍揮起手臂喊。

* * *

氣候變化異常有機會令植物提早或延遲開花，但樹上只有一朵花發生異變，就和氣候變化無關了。

S成員取走茶花樹下的泥土，交給科學社進行化驗。過了幾天，科學社社長把化驗報告列印出來。

S成員被複雜的數據弄得頭昏眼花，連理科了得的阿匠和純純也不是全部看得懂。

「總之，」科學社社長不打算逐一解釋，直接跳到結論，「茶花樹的泥土是……」

「是什麼？」小藍緊盯着社長的臉。

「咳咳……普通泥土。」

「不會吧？就是這樣？」

「沒有其他特別發現嗎？」星美也不滿意這個結果。

「再說得詳細一些，就是……」

「就是什麼？」小藍和星美緊盯着社長的臉。

「咳咳……在城市裏隨處可見，毫不特別的普通泥土。」

小藍和星美肩膀一歪，差點沒摔倒在地上。

「唉！還以為可以找到一點線索。」純純不無失望。

「不要緊，我們還有計劃B。」忍者搭着純純的肩說。

* * *

全體成員轉移陣地到學校圖書館，找出所有關於植物的書籍，坐在長桌前查找植物發生異變的案例。

時間一分一秒過去，小藍大喊：「我找到了！」

大家立刻放下手上的書本，圍在小藍身邊。

「這本書說集齊蜈蚣、蚯蚓、蒼蠅、枯萎的紅玫瑰和腐爛的石榴，放在樹下唸咒語，就可以讓那棵樹開出想要的花。」

「小藍做得好！」忍者和小藍擊掌。

「那些東西很噁心，感覺有點邪門。」星美說。

「慢着！」阿匠闔上書本，指着封面說，「這本是《魔幻小說常用魔法大全》，所謂咒語和法術都是虛構的。」

小藍看到「魔法」兩個字便一頭栽進去，沒有看清楚整個書名。

所有人向小藍報以「噓」聲，返回自己的座位。

「如果這裏也沒有線索怎麼辦？」純純想不到其他方法了。

3B班主任包包熊也在圖書館裏，聽到S成員的談話聲，看到堆滿一桌子書本，好奇地走過去。

「你們要做綜合科學的報告嗎？」包包熊問。

忍者詳細說出勇哥和茶花樹的故事，並且從手機找出白茶花樹的照片。

「白茶花樹的紅茶花？」包包熊摸着下巴，陷入短暫的沉思。過了一會，她說，「那朵紅茶花不是什麼奇跡之花，它只是一朵假花。」

「假花？」全體成員都愣住了。

「五年前，我是手工社的顧問老師，有同學用樹脂黏土做了一朵紅茶花。雖然大家都覺得很像真花，但我們還是想知道其他人的看法。」

「所以你們找勇哥做實驗，專業園丁都以為是真花的話，你們就成功了。」阿匠已經猜到劇情的發展了。

「我們在放學後潛入種植場，當時的白茶花樹開滿花。我們把紅茶花黏在位置較高的樹枝上，躲在一旁等勇哥出現。我記得勇哥發現紅茶花時，表現得十分興奮，沒有懷疑那是假花。等他離開學校後，我們便把假花拿下來。」

「原來是詐騙，不是傳說喔。」小藍扁起嘴說。

「現在想起來，勇哥當時可能太擔心勇媽，受到情緒困擾，才沒有仔細考究紅茶花的真假。」

「呀，我想到計劃C啦！」小藍拍一下手掌。

「我們可以重施故技，再造一朵紅茶花。」星美說。

「不行！」包包熊和純純同聲說。

「五年前，勇哥沒有戴眼鏡。現在工作的時候，他一定戴眼鏡。」包包熊說。

「他連樹枝上一條毛蟲都可以清楚看到。」純純說。

「那很簡單呀，我們可以偷走勇哥的眼鏡。」小藍說。

「這樣不好吧，勇哥沒有眼鏡，就無法工作了。」忍者說。

難得知道奇跡之花的真相，可現在又再闖入死胡同了。

還有什麼方法可以令奇跡再現呢？

當眾人正在苦惱之際，只有阿匠牽起嘴角，浮現得意的神色。

「勇哥的心願不是看到奇跡之花，而是透過向奇跡之花許願，讓勇媽看到孫女的樣子和圖畫。」阿匠說出重點。

「對啊！既然紅茶花是假花，再開花也不會出現奇跡。」忍者說。

「我們要尋找醫治眼睛的方法嗎？」小藍問。

「我們又不是眼科專才，不可能醫好勇媽的眼睛。」星美說。

阿匠搭着忍者的肩，賊笑着說：「誰說我們沒有專才？」

* * *

當天晚上，阿匠用即時通訊軟件通知全體S成員，第二天早上在溫室召開緊急會議。

小藍、星美和純純到達溫室後，只見阿匠正在悠閒地吃早餐，感覺不到半點緊張氣氛。

「勇哥隨時回來，我們不要在這裏開會比較好。」純純說。

「我知我知，最危險的地方是最安全的。」小藍反而覺得很刺激。

「鼻涕翔呢？」星美問。

「忍者是跟蹤專才，當然做他最擅長的事。」阿匠說。

這時，忍者衝入溫室，作敬禮狀說：「報告匠老大，任務完成。」

「你查到什麼？」

「勇媽住在中央醫院四樓內科病房，勇哥下班後去探病，六點到達病房，七點離開。之後，我偷聽勇媽和護士的對話，兩個孫女會在星期日下午探病。還有，我今天提早上學，把正門和側門的花盆對調。勇哥剛才已經發現了，正在把花盆放回原處，估計需時十五分鐘。」

忍者崇拜阿匠，視他為英雄。初相識時，忍者為了更加了解阿匠，幾乎每天跟蹤他。阿匠於是吩咐他跟蹤勇哥，查出勇媽住在哪間醫院。

全世界都有醫學無法解釋的病癒案例，阿匠認為上次所謂的奇跡只是巧合而已。勇媽的眼睛問題是年老衰退，跟患病的情況不同，不會忽然完全康復。

「這件事由詐騙開始，就由詐騙結束。」

阿匠勾勾手指，叫同伴把耳朵靠過去，然後說出最新擬定的計劃。大家又是點頭，又是「啊啊」的回應。

「那麼我們的任務就是讓勇哥相信許願後，奇跡再次發生。」純純說。

「但現在沒有紅茶花，勇哥怎樣許願？」星美問。

「許願的話，隨便什麼都可以。」

阿匠打了個響指，忍者拿出一疊彩色長紙條，紙條頂部繫上繩子。

「我知我知，許願樹！」小藍喊。

「對啊！大家一起寫許願籤的話，就不會顯得不自然了。匠老大，你的計劃真周全！」忍者只是聽從阿匠的吩咐準備紙條，不知道用途。

雖然星美和純純向來對阿匠沒有好感，但他們都覺得這是個好方法。

十五分鐘後，勇哥朝着溫室走過來。

「好，『奇跡大作戰』開始！」

小藍興沖沖地跑出去，拉着勇哥進來，給他一張許願籤。

「茶花樹開出奇跡之花，就是奇跡之樹啦。只要誠心許願，一樣會靈驗的喔。」小藍臨時發揮，胡說一通。

勇哥知道他們有很多鬼主意，這個想法卻叫他既意外又窩心。

「好，我們一起許願吧。」勇哥微笑着說。

大家在許願籤上寫下自己的願望，再親手綁在茶花樹的樹枝上。看着在白茶花中飄揚的彩紙，S成員暫時把自己的願望放在一旁，心裏想着的只有勇哥和勇媽。

*　*　*

這天放學後，S成員沒有去溫室，直接乘車去中央醫院。忍者在前頭帶路，一起前往勇媽的病房。由於還沒到下班時間，病房裏沒有訪客。

勇媽坐在窗前的病牀上，安靜地凝望着窗外的花園。她聽到有人走近的腳步聲，於是回過頭來。

「你們是誰？」勇媽柔聲問。

阿匠出其不意地搔純純的腰，他「喔」的叫了一聲，身體下意識向前傾。阿匠再順勢踢他的小腿，使他踏上前去。

「可惡！你做什麼？」純純扭頭低喊。

「等着看你出醜。」阿匠咧嘴一笑。

這個計劃是阿匠想出來的，純純從沒想過要做發言人。

勇媽盯着純純，他只好強裝鎮定，說：「你好！我們是誠修書院中學部的學生，一直受到勇哥的照顧。」

勇哥時常在母親面前提起誠修的同學，私下認定他們都是好學生。如今見到真人，勇媽確信自己的想法是對的。

「你們誰是『植物小博士』？」勇媽笑着問。

「植物小博士？」小藍歪着頭問。

「阿勇說有個男生很喜歡種花，教了他很多植物的知識。他頭腦聰明，一定可以上大學，將來可能會成為植物學家。」

這個綽號真老套！

星美在心裏偷笑，奸笑着用手肘撞一撞純純的手臂。

純純靦腆地笑，舉起手說：「那個人是我。」

「你過來，讓人我看清楚你。」

純純走到勇媽身邊，稍微彎腰，讓她以水平視線看自己的臉。她輕撫純純的臉和頭髮，說：「你的樣子清秀，應該有很多女生喜歡你吧。」

「女……女生……沒……沒有啊……」

純純頓時張口結舌，又搖頭又耍手。

感到羞赧的人不只純純，星美的臉頰也不由自主地滾燙起來，她慌忙別過臉，輕輕調整呼吸。

星美的自然反應太誠實了，除了遲鈍的小藍和忍者，任誰都看得出她臉紅的理由。

阿匠最喜歡看同伴不知所措的狼狽相，可他們必需在六時前離開，現在要先做正經事。他收起笑容，認真地對勇媽說：「其實，我們今天來這裏，有一件事跟你商量。」

「什麼事？」

「五年前，你是不是曾經患了重病住院？」

「是的，當時的病情很嚴重，最後總算從鬼門關出來了。」

阿匠接着娓娓道出勇哥向紅茶花許願的始末，以及他現在的心願。

勇媽泛起慈祥的微笑，笑裏卻滲出一絲絲歎息。

「阿勇太傻了！他都老大不小了，還要學生們為他操心。」

「我們預備了一張圖畫，請你說出看到的東西。」

阿匠把一張蠟筆畫交給勇媽。她把臉貼近圖畫，端詳片刻後說：「我看到紅色三角形、藍色圓形、黃色橢圓形，圓形裏面有兩個小黑點，這是一頂帽子嗎？」

「這是誰畫的？」星美問。

「當然是我這個後現代寫實派大畫家啦。」小藍揚起下巴說。

「我應該一早猜到了。」

小藍畫了一隻七彩貓咪，畫得像幼稚園小朋友的塗鴉。雖然畫功欠佳，但仍能看得出這是一隻動物。

阿匠想藉此確認勇媽的視力衰退到哪個程度，恐怕她現在看什麼都只有基本輪廓和朦朧的影像。

年輕人和長者存在着代溝和觀念的差異。「奇跡大作戰」的主角是勇媽，任憑S成員的計劃再有意義，都不一定得到她的認同。

假如勇媽不想參與其中，整個計劃便會到此結束。

阿匠說：「我們有一個提議，不知道你是否願意配合……」

* * *

星期日下午，勇哥和家人到醫院探望勇媽。每張病牀旁邊都有探訪者，病房好不熱鬧。

勇哥買了一束百合花，插在花瓶裏，放在牀頭的矮櫃上。盛開的百合花飄散出陣陣清香，令人心情愉悅。

「嫲嫲，我畫了圖畫送給你。」短髮孫女說。

「婆婆，我也畫了圖畫喔。」雙馬尾孫女說。

兩個孫女送上圖畫，分別坐在勇媽兩邊，親暱地挨着她。

勇媽把短髮孫女的圖畫放在胸前的高度，笑瞇瞇地說：「呵呵！我抱着你坐在搖椅上看書，斑點狗在搖椅旁邊睡覺。畫得很好看，我很喜歡啊！」

「是呀，我最喜歡聽嫲嫲說故事了。」短髮孫女笑得很開心。

「媽，你看得到？」勇哥目瞪口呆。

「婆婆，快看我的畫，我畫了很久喔。」雙馬尾孫女催促道。

勇媽拿起另一張圖畫，同樣放在胸前的高度，笑瞇瞇地説：「呵呵！你畫的蘑菇屋很漂亮啊！屋頂有很多小鳥，屋前還有羊咩咩呢！」

兩個孫女很用心繪畫，得到勇媽的讚賞，笑得眼睛都彎起來了。她們爭相述説繪畫時的趣事，逗得勇媽哈哈大笑。

勇哥和他的兄妹都驚呆了，感動得眼眶中閃出盈盈的淚光。

「奇跡真的出現了，謝謝！」勇哥擦着淚水呢喃。

在醫院的花園裏，阿匠戴着小型麥克風，和同伴一起看着平板電腦。熒幕顯示出一張蠟筆畫，兩個小女孩正在説着幼稚園的趣事。

「婆婆，這個襟章是老師送給我的，乖學生才有的喔。」

「給我看看。」

平板電腦的熒幕出現了一個襟章，阿匠對着麥克風說：「襟章上面有一個天使，一顆紅心，寫着仁愛小天使。」

勇媽接着說：「你是仁愛小天使，告訴婆婆你做了什麼好事……」

兩天前，S成員來到低成本發明社活動室，社長向他們展示一顆鈕扣。

「它的前世是鈕扣，現在是微型鏡頭。」

S成員向社長借用微型鏡頭、麥克風、接收器和平板電腦。在勇哥和家人到達醫院之前，他們先到病房和勇媽會合，在原本的鈕扣上加裝鈕扣鏡頭，再讓她戴上接收器，並且用頭髮遮住。

勇媽的眼睛沒有康復，只是說出透過接收器聽到的訊息。

「奇跡大作戰」成功了，勇媽和家人度過了愉快的下午。

* * *

任務完成，S成員踏着輕快的腳步離開醫院。

走在通往巴士站的路上，忍者被一個問題困擾着，越想越覺得不對勁。

「明天醫生檢查勇媽的眼睛，就會發現根本沒有任何變化。到時，勇哥豈不是很失望。」

「你不要說掃興的話啦。」星美拍打忍者的背。

「勇哥不會失望的。」純純說。

「為什麼？」小藍問。

「許願籤。」

「勇哥的願望就是勇媽的眼睛看得見呀。」

「嘿，難怪你的中文閱讀理解總是不合格。」阿匠挖苦小藍。

忍者回想許願籤上的文字，大喊：「勇哥寫了希望勇媽看得見孫女的圖畫，只要五分鐘就夠了。」

「就是這樣。」阿匠和純純同聲說。

「你們太合拍了，完全心靈相通。」忍者好不羨慕。

「人類和惡魔永遠不會心靈相通！」純純斜睨着阿匠，撇一撇嘴。

勇媽聽過「奇跡大作戰」的全盤計劃後，沒有多作考慮便答應了。

如果說同學們完成了勇哥的心願，那麼勇媽也完成了同學們的心願——為關心的人而努力的心願。

奇跡發生了，心願達成了，生命或多或少也亮起來了。

惡魔小劇場 一

真真假假

謎團二　幽靈廣播

「誰家的孩子在唱歌？吵死人了！」

「現在兩點了，人家不用睡覺嗎？」

「歌聲好像是從誠修書院那邊傳來的……」

凌晨二時，區內多座大廈的住宅相繼亮燈，家家戶戶投訴聲不絕。哼唱的歌聲持續了十分鐘，四周終於回復寧靜。

翌日早上，誠修書院中學部的同學都在談論深夜歌聲事件。

事發時，駐校工友和保安員都聽到歌聲，確定歌聲是從擴音器傳出來的。

校內只有兩個地方可以使用廣播——校務處和廣播室。保安員先去校務處，但沒有人使用廣播器材。他再前往廣播室，到達時歌聲剛好停了，而室內同樣沒有人。

最令人驚訝的是，校務處和廣播室的門都是上鎖的，沒有人進去的話，怎樣發出廣播？

學校門口的閉路電視拍不到有人潛入校園。由於曾經有黑客入侵學校電腦，大家自然把矛頭指向黑客。不過，無論是校務處或廣播室，廣播器材都沒有接駁電源，黑客再厲害亦無法入侵。

到了午休，廣播社成員召開緊急會議。會議才進行了一半，就有工友來到，在門外安裝閉路電視。

廣播社成員走出來，眾人都神情凝重。阿匠是廣播社成員，小藍和星美把他拉到一旁，小藍緊張地問：「你們查出原因嗎？」

「天機不可洩漏。」阿匠說。

「嘖，我看你們根本查不出原因。」星美撇一下嘴。

「匠老大無所不知，他不説一定有苦衷。」忍者從不懷疑阿匠。

「這種門鎖的結構很簡單，用髮夾或鐵線便能開啟。如果犯人熟悉廣播器材操作，可以在保安員來到前逃脱。」純純説。

「保安員先到校務處，再去廣播室，中途停留搜查，最快十分鐘才到廣播室。」阿匠説。

「犯人可能一早計算好時間，到了十分鐘便逃走。」

「也可能聽到腳步聲，立刻從另一條樓梯逃走。」

「熟悉器材操作和逃走路徑，犯人一定是……」

「和廣播社有關的人！」阿匠和純純同聲説。

他們一唱一和，默契十足，好像名偵探的推理。

小藍和忍者交替互望兩人，不禁拍手叫好。

「純純，你原來……」小藍趨上前。

「你想怎樣？」純純不自覺地向後退。

「你原來很聰明啊！」

「啊……謝……謝謝！」

純純不習慣被人當面稱讚，感到有點不好意思。事實上，他的學業成績向來不錯。中二期終試，他更打敗阿匠，取得綜合科學全級第一名。他的推理能力不輸給阿匠，只是之前沒有參與討論而已。

為了當場逮捕犯人，校方除了加裝閉路電視，還額外安排兩名夜班保安員在校務處和廣播室轉角位置駐守。

假如這是惡作劇，犯人知道校方加強保安措施，理應不會再犯案。究竟犯人會不會再來呢？同學們都非常期待，很想知道最新事態發展。

到了凌晨二時，誠修書院中學部的擴音器再次響起歌聲，聲音和旋律跟昨晚一模一樣。

歌聲同樣持續了十分鐘才停止，而躲在轉角位置的保安員竟然……睡着了！他們事後都說本來很精神，不知為何睡着了。

保安員翻看閉路電視錄影，唱歌期間的影像出現「雪花」，最離奇的是事發前後都拍不到有人出入。

這件事越來越神秘，越神秘越挑起同學的好奇心，好奇心產生出各種流言。同學開始懷疑犯人不是人類，凌晨二時的歌聲其實是——幽靈廣播！

* * *

這一天，廣播社成員聚集在廣播室門外，超自然研究社的成員拿着幽靈探測器到場，檢查廣播室每個角落。這支巨型黑色叉子要是探測到幽靈，前端的紅燈便會一閃一閃，還會發出嗶嗶聲。

忍者在門外探頭張望片刻，回頭向後面的小藍、星美和純純搖搖頭。不久之前，忍者兩度被幽靈纏上，同伴都認定他的體質容易招惹幽靈，甚至可以感覺到幽靈的存在。

「幽靈在夜晚出沒，現在肯定探測不到啦。」有同學在門外說。

「這是改良後的第二代幽靈探測器，只要是幽靈停留過的地方，都可以探測得到。」拿着巨型黑色叉子的同學說。

「真厲害！」小藍說。

「總覺得那支叉子不太可靠。」星美說。

「喂，你們不是廣播社成員，為什麼在這裏？」阿匠斜睨着小藍和星美。

「你的事就是我們的事，我們不會捨棄你的。」小藍調皮地說。

「捨什麼捨，你們八卦就認了吧。」

「如果是幽靈作怪，『幽靈廣播』就是全新的S傳說，我們留在現場是合情合理的。」星美強調。

就在這時候，巨型黑色叉子前端的黃燈一閃一閃，並且發出嗶嗶聲。

門外的同學們爆出驚叫聲，嚇得馬上往後退。

「這個訊號代表……」拿着巨型黑色叉子的同學皺起眉頭。

門外的同學們緊張得不由自主地嚥一下口水。

「代表……機器故障。」

所有人肩膀一歪，差點沒摔倒在地上。

任務失敗，超自然研究社成員迅速撤退，瞬間消失蹤影。

「我們今晚在這裏埋伏，看看誰是犯人囉。」小藍來了興頭。

「犯人可能是幽靈，你不怕嗎？」星美問。

「我們有忍者嘛，幽靈只會纏住他。」

「嗯，這個時候，鼻涕翔的確大派用場。」

「但爸媽肯定不准我們深夜出門，保安員也不會讓我們進來。」忍者說。

「我是幽靈的話，不會等到凌晨兩點才出現。」阿匠說。

「天黑之後，當所有師生離開學校，幽靈便會出來活動。」純純說。

「到時不單只廣播室，整間學校都是幽靈的……」

「遊樂場！」阿匠和純純同聲說。

再一次，阿匠和純純展現出超強合拍度。他們都認為犯人只是哼唱歌曲，就算不是心地善良，也不會傷害人。

「你們好像夏目和名取*啊！」

星美雙眼閃閃發光，在腦海裏把面前的同學化作喜愛的漫畫人物。

* * *

*夏目貴志、名取周一：日本漫畫《夏目友人帳》的角色。

傍晚六時三十分，天色已經完全黑下來了。

全體S成員一直躲在溫室裏，等到所有師生離開學校後才出來。這次行動絕對保密，莫說沒有知會老師家長，就連相熟的同學都沒有通知。

他們用手機燈照明，避開當值保安員的耳目，躡手躡腳前往廣播室。他們打算躲在廣播室裏面埋伏，直擊犯人的真面目。

當他們抵達廣播室外面的走廊時，一個穿誠修書院小學部校服的小男孩，張開手臂在矮牆上走來走去，好像走平衡木似的。

「危險！」忍者急忙撲上去，把小男孩抱下來。

「你有沒有受傷？」忍者檢查小男孩的手腳，確定他沒有受傷才放心下來。

「這裏是中學部，你為什麼還不回家？」

「哈哈！終於遇到有趣的人了。」

「什麼意思？」

小男孩笑了笑，伸出手臂指着忍者後面的S成員。

本來走在身邊的同伴退到後面，他們鐵青着臉，全身發抖。

「匠老大，你們為什麼走回頭？」忍者問。

小藍、星美和純純閃到阿匠後面，一起把他推出去。

「沒義氣！」阿匠扶正眼鏡，問忍者，「你和誰説話？」

忍者回過頭去，小男孩正在咧嘴而笑。他指着小男孩説：「我和這個小學生説話。」

「不，走廊只有你一個人。」

「什麼？你們看不到他嗎？」

所有人一起點點頭。

「你是幽靈？」忍者問小男孩。

「哈哈！我可要比幽靈厲害得多了。」

小男孩才說完，旋即變成一隻花貓。

「你會變身啊！真厲害！」

花貓笑了笑，再變成一個老伯伯。

「嘩！三段變身！咦？你的尾巴沒有收起來。」

老伯伯扭頭一看，柔軟的貓尾巴正在左右晃動。

「每次變成大人都有這個問題呢！」

下一秒鐘，老伯伯變回誠修小學生，尾巴也消失了。

從忍者的說話中，阿匠大概猜到現在的狀況，恐懼也隨着理智而消散。他走到忍者跟前，說：「你會變身的話，應該是妖怪。在人類面前，你可以選擇現不現身吧。」

「你很聰明嘛，真的越來越有趣了。」

一眨眼之間，小男孩在眾人面前現身。他看起來像個普通小學生，明知他是妖怪也不會令人害怕。

「哈囉！我叫雪朗，是幽靈廣播，不對，是妖怪廣播的主角。你們對於超自然現象只會聯想到幽靈，真是太膚淺了！」

「先來雪丸，再來雪繪，現在是雪朗，雪字輩是誠修專用的幽靈妖怪族譜嗎？」星美傻眼了。

小藍輕撫雪朗的頭，興奮地喊：「太好了，我摸到你啊！你的真身是什麼？為什麼要變做小學生？」

「秘密。」

「沒想到忍者的體質連妖怪都會吸引到。」純純說。

「他太單純了，心靈純淨，很容易看到幽靈和妖怪。」

「小藍也很單純呀。」星美說。

雪朗打量一下小藍，清澈的眼眸好像看穿對方似的。他說：「小藍有秘密，而且常常說謊。」

「嗚哇！你怎會知道我常常把不合格的測驗卷藏起來，還會瞞着媽媽偷吃薯片？」小藍嚇得尖叫。

「這是公開的秘密好不好。」星美沒好氣地說。

直覺告訴阿匠，雪朗不是指人所共知的所謂秘密，而是小藍有一個妹妹在外國，兩人長期分開生活的事。

畢竟，阿匠初次遇見妖怪，雪朗的本性是好是壞，跟他接觸有沒有危險，現在不能妄下定論。

「你為什麼在淩晨兩點唱歌？」阿匠直接問出重點。

「你怎樣進入廣播室？」小藍接着問。

「那很簡單呀。」

雪朗扭開廣播室的門把，「咔」的一聲，把上鎖的房門打開了。

「你變身時沒有『噗』一聲，施法術時也不用唸咒語呢！」忍者說。

「那是戲劇效果，用來騙人的，有聲音好像很厲害嘛。呀，還有，我已經關掉閉路電視，拍不到你們的。」

當所有人進入廣播室後，房門便關上了。雪朗坐在桌子上，調皮地踢腳。

「你快些解釋吧，為什麼在凌晨兩點唱歌？」阿匠靠着牆壁，再問一次。

「我要找一個人。」

「尋人？」

「十年前的夜晚，我偷偷走入小學部探險，看到壁報上的學生照片，覺得校服很漂亮，於是變成小學生的模樣。我在校園裏到處逛，後來遇到一個中學男生，才知道我走進了中學部。」

「深夜時分，怎會有學生留在學校裏？噢，難道他也是妖怪？」小藍問。

「他是人類，我當時沒有隱身，所以被他看到了。還有，我變身失敗，露出了貓尾巴。」

「然後呢？」忍者問。

「他是不是嚇得當場昏倒了？」星美問。

「他在深夜單獨潛入學校，膽子應該很大。」純純說。

大家急着發表意見，好像正在追看緊張刺激的冒險電影。

「他以為我的尾巴是裝飾品，看不出我是妖怪。既然他沒有懷疑，我就不說出來了。他住在誠修附近，但不是誠修的學生，因為打架被學校停課。他覺得很無聊，於是帶着噴漆潛入校園，打算到處塗鴉。」

「原來是個不良學生。」星美說。

「你們是不是一起在學校塗鴉？」純純問。

「沒有呀。他說自己有原則，不會在小孩子面前做壞事。我們在校園裏探險，潛入不同教室，一直玩到凌晨兩點。後來，我們都累了，躺在草地上看月亮。那時候，他哼了一首自己創作的歌，我是第一個聽眾。」

「就是你唱的那首歌嗎？」忍者問。

「嗯。那個晚上，我們玩得很開心，臨走時還約好十年後，再在夜裏潛入學校探險。」

「結果，那個人沒有赴約，所以你在夜裏唱他的歌，希望他聽到後會來見你。」阿匠說。

雪朗抿着唇點點頭。

終於知道事情的來龍去脈了。雖然失約令人生氣，卻又有點無可奈何。

「在那個人眼中，你只是萍水相逢的小孩，不會認真看待即興的約定。他可能只是隨口說說，第二天便把你忘記了。」星美說出殘忍的現實。

「雪朗太可憐了！」小藍說。

「嘿，換了是你也會忘記得一乾二淨。」阿匠太了解小藍了。他對雪朗說，「你唱了兩個晚上，那個人要是聽到，而又記得你的話，已經來找你了。你還是接受現實，及早放棄吧。」

「我……」

「我相信還有機會的，絕對不能放棄！」忍者打斷雪朗的話。

「我們一起幫你找他。」小藍被忍者的熱血感染了。

看到小藍和忍者的反應，阿匠多少猜到接下來會發生的事。

「好，我們決定了！」小藍和忍者握着拳頭，雙眼炯炯有神。

「來了，你們決定的不會是好事。」阿匠說。

「我們要幫雪朗找到失散的朋友！」小藍和忍者揮起手臂喊。

* * *

阿匠回到家裏時，葉媽、葉爸和弟弟阿曉已經坐在餐桌前，晚餐有茄汁肉丸、炸雞塊、椰菜卷和炒牛蒡絲，全部都是葉媽在超市購買的現成料理。

「今天的炸雞塊很好吃。」阿曉說。

「我指定要剛炸好的，當然好吃啦。」葉媽得意地說。

「我最喜歡吃茄汁肉丸。」雪朗說。

「小孩子要吃多些才會長高啊！」葉爸說。

「是！」

咦？這是什麼跟什麼？

雪朗竟然坐在阿匠旁邊，正在喜孜孜地吃飯。

「你為什麼在這裏？」阿匠大吃一驚。

「我沒有跟你說嗎？雪朗要在這裏住幾天，你做表哥的要好好照顧他。」葉媽說。

表弟？不要開玩笑了！

阿匠把雪朗拉到窗前，緊張地問：「喂，你對他們做過什麼？」

「我把他們催眠了，讓他們以為我是你的表弟。放心吧，我的催眠沒有副作用，我離開之後，他們不會記得我。」

「你不會打算一直賴着不走吧。」

「你們有五個人，我輪流住你們家，明天就會走啦。」

阿匠鬆一口氣，可轉念一想，問：「你去其他人家裏住，也會催眠他們的家人，以為你是親戚嗎？」

「當然啦。如果我變成一隻貓的話，就只能吃貓糧了。」

雖說雪朗看起來沒有殺傷力，但他始終來歷不明，阿匠並未完全信任他。

讓雪朗留在視線範圍內，才可以掌握他的一舉一動。

「這幾天，你住在我家，不要去其他地方。」

「既然你這麼喜歡我，我就勉為其難答應你啦。」

雪朗一蹦一跳返回餐桌，繼續大口大口地吃飯。

阿匠的太陽穴跳了跳，覺得雪朗的動靜似曾相識。

「賴皮，不害臊，他根本就是妖怪版小藍！」

* * *

夜已深了，葉家所有人都睡覺了。

葉媽在阿匠的房間鋪了牀墊，讓雪朗睡在地上。

雪朗睡不着，走到窗前，打開窗簾，眺望看不到星星的天空。清澈的眼睛晶瑩閃亮，卻好像蘊藏着很多心事似的。

「小學生只是你的化身，你其實已經是大人吧。妖怪和人類的壽命和成長速度不同，你現在幾歲？五百歲？」

阿匠在牀上坐起來，戴上眼鏡。他向來淺睡，有其他人在房間裏，他更加無法安然入睡。

「三百歲，算是成年了。」

雪朗坐在窗邊，面向街外懸空踢腳。假如他是人類的小孩，阿匠會把他拉回來。既然他是成年妖怪，就不用擔心他的安危了。

「你在學校裏所說的事，不是事實的全部，應該還有隱瞞吧。」

「我是個誠實的小朋友啊，表哥！」雪朗吃吃地笑。

「誠什麼誠？你用催眠術騙住騙食，還有什麼誠信可言？」

「我至少沒有催眠你，是個乖孩子啊！」

「現在知道你有三百歲，我不會把你當作小孩子了。」

阿匠做夢也沒想過，十四歲的自己會遇上三百歲的妖怪。在雪朗眼中，阿匠等人才是小孩子吧。

「呀，有UFO！」

阿匠循着雪朗的視線望向夜空，一點紅光緩緩移動。

「那是飛機，不是UFO。」

「噢，是嗎？」

「你活了三百年，也不見得知識淵博。」

阿匠以為雪朗會反駁，他卻好像聽不到似的，怔怔地凝視着夜空中的紅光，一顆心飛到很遠很遠的地方。

* * *

大清早，阿匠便被雪朗吵醒，他好像不用睡覺似的，把阿匠氣瘋了。

十年前的夜晚，雪朗和不良學生都沒有說出彼此的名字，不良學生的特徵只有左眼角下方的一顆淚痣。

據說不良學生有屬於他們的情報網路，誠修書院的不良學生可能會知道淚痣男的下落。

料。

廣播社又名情報社，阿匠隨便問問，便有成員說出校內不良學生的資

午休時間，S成員在溫室開會，阿匠把誠修書院不良學生的名單放在桌上。名單上除了姓名、班級和照片，還包括他們的活躍地區和犯事紀錄。

這些同學當中，只有兩人住在區內——古健志和姚千晴。他們分別因蹺課、吸煙、打架、傷人和偷竊而被罰，更懷疑有黑社會背景，是令人聞風喪膽的不良學生，合稱「誠修雙煞」！

「嘩！雙煞，聽起來很有氣勢喔。」小藍笑嘻嘻地說。

「我反而覺得很可怕。」星美說。

「古健志讀2A班，姚千晴讀3D班。你們認識他們嗎？」忍者問。

所有人一起搖頭。

「我們要怎麼辦？」小藍問。

「當然是直接問他們淚痣男在哪裏，轉彎抹角反而容易激怒他們。」阿匠說。

「我們要在人多的地方行動，他們再壞也不敢在眾目睽睽下動手。」純純補充說。

經過商量後，他們分成兩組，阿匠和小藍找古健志，純純和星美找姚千晴。忍者的校草身分太顯眼，為免惹對方反感，一致通過不讓他出動。

* * *

古健志和三個男生坐在天台門前的樓梯。這道天台門上了鎖，不會有人來這裏，因而成為他們的聚腳地。

阿匠和小藍躲在樓梯下面，抬頭偷看他們。

「為什麼不良學生都喜歡樓梯？」

阿匠看過很多電影，不少故事都出現過類似情景。

「他們什麼時候去人多的地方？」小藍低聲問。

「誰知道？他們常常蹺課，可能一直待在這裏。」

這個地方太隱蔽，萬一出事，大叫也沒有人聽到。

阿匠向小藍比手勢，示意她暫時撤退。

小藍才轉身，鼻子癢癢的，「哈啾」一聲，打了個噴嚏。

「誰在下面？」古健志大喊。

糟糕！阿匠立刻拉着小藍往下面逃跑。誰料才跑了兩步，古健志和同伴從上面跳下來，擋住他們的去路。

不會吧？他們竟然從樓梯跳下來，下一步要把我們踢飛嗎？現在被不良四人組前後包圍，形勢十分不利。阿匠告訴自己要保持冷靜，不能亂了陣腳。

「哪個老師叫你們來監視我們？」同黨甲粗聲問。

「看來有人活得不耐煩了。」同黨乙把手指折得咯咯響。

第一次直接面對不良學生，小藍嚇得縮成一團。

阿匠的腦筋高速運轉，當下要做的事情是：保護小藍，問出淚痣男的下落，安全脫險。

瞥見樓梯轉角的學生報海報，一個念頭掠過阿匠的腦海。

「我們是學生報的特約記者，想為你們做一篇獨家專訪。」

阿匠用手肘撞了撞小藍，小藍醒目地接着說：「主題是活出自我風格的青春日誌。你們在學校很有人氣，充滿神秘感。別人標籤你們，只因還未了解你們獨特的地方。」

小藍最擅長即興創作，說得興起時所有恐懼都消失了。

「我們要接受訪問了，聽起來很酷嘛。」同黨乙笑着說。

「嘿，算你們有眼光！」同黨丙說。

成功了！

阿匠和小藍交換眼色，用眼神互相擊掌。

「既然想訪問我們，為什麼要逃跑？」古健志十分冷靜，問出重點。

「相機……我們忘記帶單鏡反光機。」小藍拿出手機說，「手機拍攝效果不好，專業相機才能拍出你們英明神武的姿態。」

最後一句話戳中古健志的紅心，嘴角忍不住上揚。

不良四人組被小藍捧得飄飄然，顯然平時很少被人稱讚。

「不過，我們在校內名聲不好，刊登訪問會引來很多負面評價，搞不好你們還會被老師針對。」古健志回復冷靜的態度。

「你們不接受訪問真是太可惜了！」阿匠裝出惋惜的表情。他早料到會被拒絕，才會提出做訪問。

「真的不做訪問嗎？我可能只有這次機會上報紙啊！」同黨甲說。

「畢竟我們是不同世界的人，無謂叫他們難做。」古健志拍拍阿匠的肩，說，「害你們白跑一趟了。我可以回答一個問題，當作補償。」

機會來了！

阿匠和小藍交換眼色，用眼神互相擊掌。

小藍搶着說：「十年前，區內有個不良少年，左眼角下面有顆淚痣，你知道他現在在哪裏嗎？」

小藍說得太流暢了，擺明是為了這件事而來的。阿匠當場變了臉色，深怕露出馬腳。

「淚痣……我沒有印象……」古健志竟然沒有懷疑，並且對同黨說，「看看你們手機裏的照片。」

「是！」

不良四人組的手機相簿裏有很多不同裝扮、不同年齡的人物，偏偏沒有長有淚痣的男人。

「我們不認識這個人。」古健志說。

「不要緊，謝謝你們！」阿匠說。

「拜拜！」小藍說。

小藍和阿匠掉頭走下樓梯，他們越走越快，不斷加速跑到操場。

陽光耀眼，操場上有人打球，有人散步，有人聊天，聚集的人羣帶給他們安全感。他們挨着柱子喘氣，感到全身虛脱。

* * *

另一邊廂，姚千晴獨自倚在樹下看手機，沒有人膽敢靠近她。她綁馬尾，身材高挑，肌肉結實，可能是先入為主的緣故，讓人覺得她的眼神兇狠，全身充滿殺氣。

純純和星美躲在遠處的大樹後，打算等姚千晴走入人羣後，再上前和她說話，可她一直站着不動。

「雖然她是女生，但男生被她打一拳，很可能要住院。」星美說。

「什麼？男生？你打算推我出去嗎？」純純問。

「放心啦，到了生死關頭，我會拉你走。」

「女生果然很恐怖！」

「你們鬼鬼祟祟做什麼？」一把女生聲音在背後響起。

純純和星美嚇了一跳，轉頭一看，一個鬈曲長髮女生站在後面。她睡眼惺忪，一副慵懶的模樣。

「噓！」星美壓低聲線，指着姚千晴說，「你沒聽過『誠修雙煞』嗎？她是『雙煞』之一，也是不良學生，不要被她發現。」

「你們為什麼偷看她？」

「我們有事想問她。你走吧，我們沒能力保護你。」

慵懶女生浮現「原來如此」的表情後，使勁把純純和星美推出去。她高聲喊：「喂，誠修雙煞，他們有事找你。」

姚千晴收起手機，以淩厲的眼神瞪着純純和星美，向着他們走過去。

糟糕！她們是同黨！

純純和星美的血色從臉上褪去，如同待宰羔羊無路可退。

純純不擅長應付女生，更何況是不良少女，不由得全身發抖。星美看到他的反應，咬一咬牙，毅然走到姚千晴面前。

「我有事情想問你。」

「什麼事？」姚千晴以平板的聲音問。

「我們想找一個男生，左眼角下面有一顆淚痣。他十年前是不良少年，當時在區內活動。」

「千晴，你幾時做了不良學生發言人？」慵懶女生打着哈哈説。

姚千晴沒好氣地白了慵懶女生一眼，再對星美說：「我不知道這個人。」

「你會不會有什麼線索？」純純鼓起勇氣問。

「我和這些人沒關係。」

姚千晴顯得不耐煩了，撇下星美和純純，走在林蔭步道。

慵懶女生跟上去，她伸了一個懶腰，打了長長的呵欠。

「你剛才去了哪裏？」姚千晴問。

「圖書館。本來想溫習，誰料看不到一頁便睡着了。」

「睡公主的確不是浪得虛名呢！」

兩個女生說說笑笑，氣氛非常融洽。

「她笑了，表情變得柔和了。」星美說。

「她會不會已經改過自新？」純純說。

「又或者，她根本不是不良學生，由此至終都被人誤會了。」

「嗯，的確有這個可能，流言真可怕！」

*　　　　*　　　　*

忍者負責後勤工作，有人把雪朗唱歌的錄音上載到社交網站和論壇，他仔細查閱每則留言，竟然沒有人知道這首歌的出處。

網民搜尋能力強大，只要曾經發表過的歌，流不流行都有人知道。這樣看來，淚痣男不曾發表過這首歌，可能只是隨興唱唱而已。

放學後，S成員在溫室集合，共同商討其他對策。

「十年了，淚痣男可能已經搬家，不住在區內。」星美說。

「十年前是不良學生，十年後未必是不良份子。他當年可能只是反叛貪玩，並不是壞人。」忍者說。

「我都覺得他本性不壞。」雪朗說。

「你什麼時候來的？」小藍吃了一驚。

「剛剛。」

「現在現身很危險，學校裏有很多老師同學，被人發現就不好了。」純純說。

「但這裏只有你們呀。」

溫室遠離主校舍，平時的確很少人來這裏。就算真的有人來到，雪朗只要及時變成貓咪，便不會被人發現他的真正身分了。

「沒有名字和照片，找不到淚痣男的，你放棄吧。」阿匠說。

「我不想放棄啊！」小藍和忍者說。

「這件事本來就和你們無關，你們熱血什麼？」

「現在只有我們可以幫雪朗，連我們都不理他，他太可憐了！」小藍說。

「惡魔的字典裏沒有『同情心』！」

雪朗扁起嘴，眼眶含着淚水，一副想哭的模樣。

「四眼墨魚品性差劣，沒事沒事。」星美憐惜地撫摸雪朗的頭，柔聲哄他。

阿匠不滿地「嘖」一聲，把雙手交疊胸前。

他們都忘了小學生不是雪朗的真身，把他當作小孩子看待。

「咕————」小藍的肚子發出巨響，「嘻，我肚子餓了。」

「我都有點餓，很想吃漢堡包。」忍者說。

「什麼是漢堡包？」雪朗問。

「不會吧？你沒吃過漢堡包？」星美錯愕極了。

大家這時才發現一直顧着尋人，對雪朗的生活一無所知。

雪朗猶如從外國來旅行的遊客，一雙眼眸充滿好奇心。

「好！今天的尋人行動結束，我們帶雪朗去快餐店體驗啦。」小藍舉高手臂喊。

*　　*　　*

一行人來到學校附近的快餐店，點了漢堡包、薯條和汽水。

雪朗咬一口漢堡包，大叫：「很好吃啊！」他再吃薯條和喝汽水，全部都吃得津津有味。

「你平時吃什麼？」忍者問。

「我住在山上，會吃樹林和河裏的食物，水果、野菇、魚之類啦。」

「你平時喜歡玩什麼？」星美問。

「和朋友唱歌跳舞。」

「我都很喜歡唱歌跳舞啊！呀，我們不如唱卡拉OK囉。」小藍說。

「好啊！我沒去過卡拉OK！」

離開快餐店，眾人向着卡拉OK出發。沿路上，商店林立，精緻的櫥窗布置吸引着雪朗。他們走走停停，走了很久才到達目的地。

大家在卡拉OK輪流唱自己喜歡的歌，他們盡情地唱，盡情地笑，所有煩惱都被悅耳的音樂淹沒了。

純純和雪朗都是第一次去卡拉OK，起初有點不習慣，感到挺尷尬的，熱身後卻越唱越起勁。

阿匠和忍者正在唱歌時，小藍對星美說：「我想上洗手間喔。」

「要我陪你嗎？」

「不用了。」

男子組不停更換組合，連續合唱了幾首歌。

星美看看手錶，皺起眉頭說：「小藍去洗手間很久了。」

「她會不會忘了房間號碼？」純純說。

小藍的手機放在桌上，無法用手機聯絡她。

「她到底要失蹤多少次？真是有失蹤的癖好呢！」阿匠沒好氣地說。

星美走出房間，來回走廊一次，都見不到小藍。雖然小藍應該不會遇到危險，但星美還是有點擔心。她說：「我們不如分頭找小藍。」

「小藍在樓下啊！」雪朗說。

「你怎會知道？」

「我認得小藍的氣味，我的嗅覺比人類強得多了。」

星美的心「咯噔」一下，思緒在心裏翻騰，好像明白了什麼。

「她為什麼走到樓下？」忍者問。

阿匠腦筋一轉，說：「對面馬路有一間雪糕店。」

他們走到窗前，打開窗簾，小藍果然坐在雪糕店裏吃雪糕。

原本只是上洗手間，卻突然想到吃雪糕，還要馬上付諸行動。究竟思維多跳脱的人才會這樣做呢？

失蹤疑雲圓滿解決了！

電視熒幕亮起忍者的「飲歌」，歌聲再次響徹整個房間。

星美盯着拍手打拍子的雪朗，內心湧上一股複雜的感覺。

*　*　*

夜已深了，葉家關了燈，所有人都回到房間了。

這個晚上，雪朗仍然睡不着。他坐在窗邊，定定地眺望夜空。等了又等，一點紅光從天空左邊緩緩地飛向右邊。

「來了！」

雪朗牽起嘴角，視線跟着紅光移動。

「如果我可以坐飛機就好了。」

黑暗中，牀上的阿匠半張開眼睛，看到雪朗的神情，渴望且唏噓。

無論是人類或妖怪，在各自的世界裏，存在着各種限制。看起來好像受到束縛，但誰又可以保證為所欲為才是自由呢。

等待十年的心情，阿匠多少可以感同身受。他和雪朗的分別只有一個——雪朗見不到等待的人，而阿匠等待的人就在身邊。

*　　*　　*

翌日下午，S成員再去溫室，雪朗正在把玩葉子上的毛蟲。他好像等了很久，一見到阿匠等人，便興奮地跑到他們面前。

「我們今天去哪裏玩？」

「咦？奇怪了，你不是很想找到淚痣男嗎？為什麼只想着玩？」阿匠說。

「我……我想……邊玩邊找他嘛。」雪朗眼神閃縮，囁嚅地說。

「我們不是你的玩伴。」阿匠把書包放在地上，宣布說，「尋找淚痣男行動終止！」

「為什麼？」同伴們詫異不已。

「說出真相吧。當然，你有權保持緘默，一走了之。反正，我們算不上朋友。」阿匠把雙手交疊胸前。

雪朗怔住了，沒有賴皮的反駁，證明阿匠的推測完全正確。

「什麼真相？」小藍問。

「雪朗一早知道淚痣男在哪裏。」阿匠說。

「怎麼可能？」忍者難以置信。

「是氣味。昨天，雪朗憑氣味找到小藍，也可以憑氣味找到淚痣男。」

星美看過很多妖怪漫畫，妖怪對氣味十分敏感，過了多年仍能記得認識的人的氣味。

雖說漫畫世界和現實世界未必相同，但雪朗的舉動的確有可疑之處。

「淚痣男身在坐飛機才能到達的地方，對吧？」

「我不明白喔。既然知道淚痣男在哪裏，你為什麼還留在學校？」小藍問。

「因為他不能坐飛機。」阿匠說。

「你隱瞞着我們，一定有苦衷吧。」純純深深體會到隱瞞事實的痛苦，絕對不會責怪雪朗。

事到如今，雪朗再也無法耍賴了。他咧嘴笑了笑，搔着後腦勺說：「我只是想和你們在一起，對不起！」

「那麼真相是什麼？」忍者問。

「第二晚唱歌後，我已經知道淚痣男搬走了。第三晚再來學校，是想在回家之前再緬懷一下。就在那時候，忍者見到我。我本來想說出真相，但忍者提出幫我尋人，我覺得你們很有趣，就留下來了。」

所有人向忍者投以責備的目光，原來他才是害大家白忙一場的元兇。

第二晚唱歌後，雪朗嗅到淚痣男的氣味，於是追蹤着氣味走入住宅區，順利找到他的居所。

然而，淚痣男不在家裏，雪朗嗅到的是他弟弟的氣味。由於兩人是兄弟，因此氣味相近。

從弟弟和父母的對話中，雪朗得知淚痣男早年去了美國讀書，畢業後留在彼邦工作。他沒有回來赴約，可能是有工作走不開，也可能真的忘記了。

雪朗唯一肯定的是，當家人提起淚痣男的時候，大家都笑得很開心，沒有責備或抱怨。雪朗相信他現在過着自己選擇的生活，充實度過每一天。

妖怪不是無所不能，雪朗無法去美國找淚痣男，也不能在夢中與他相見。得知他一切安好，已經心滿意足了。

雪朗感激十年前和淚痣男相遇，不然就不能在十年後，遇到眼前有趣的同學。現在，雪朗可以帶着滿滿的愉快記憶回家去。

「如果淚痣男回來，你會去見他嗎？」純純問雪朗。

「十年之約已經完結，我不會再找他了。」

「我們可以去你家玩嗎？」小藍忽然轉換話題。

「好啊！我想結識其他妖怪朋友。」忍者應和道。

「聽起來很有趣呢！」星美說。

從沒見過這麼有趣和熱心的人類，很想和他們多玩一會呢！雪朗的眼眸浮現些微困惑的神色，有話哽在喉嚨卻說不出來。

「我們來玩個遊戲吧。我告訴你們一個S傳說，如果到了明天，你們仍然記得我的話，我就帶你們去我家。」

「你想挑戰我的記憶力，還早了一百年呢！」阿匠自信滿滿。

「什麼S傳說？快說快說！」小藍催促道。

「校內有一個圓形水池。在月圓之夜，月光照到池面上的時候，把想念的人的物件丟入水池裏，就可以看到和那個人有關、被遺忘的過去。但是，過去的經歷有好有壞，有些人知道以前的事情後，受到太大衝擊，活得比現在更淒慘，所以這個S傳說叫做『惡魔的眼睛』！」

「誠修除了有看到未來的時光魔鏡，還有看到過去的『惡魔的眼睛』。究竟仍有多少個傳說是我們不知道的呢？」星美說。

「太好了！雪朗知道的傳說肯定是真的啦。」小藍高興地說。

「是的，千真萬確。」雪朗說。

忍者和純純神色凝重，重複背誦剛聽到的S傳說。

他們身為學生，每天都要牢記大量東西，區區一個傳說故事，不可能記不住。而且，他們有五個人，阿匠更是高材生，可謂勝算十足。

小藍和星美的心更飄到山上，開始幻想雪朗的家的模樣了。

* * *

晨光淺照房間窗邊，窗簾在微風中輕輕飄揚。

阿匠按停牀頭的鬧鐘，如常梳洗和更衣，出門乘車上學。

好一個恬靜的清晨！

在校園裏的林蔭步道，阿匠遇到忍者和純純，三人並肩一起走。過了一會，小藍和星美從後跑上來，她們想偷襲男子組，卻被阿匠識破了。

「原來下星期五是月圓之夜喔。」小藍說。

「你要變人狼嗎？」阿匠調侃她。

「月圓之夜，當然是去看『惡魔的眼睛』啦。」

「被你遺忘的過去實在太多了，看十年也看不完。」

「你把所有事情記得清清楚楚，腦袋會過勞爆炸喔。」

「腦袋爆炸？呀，你也看了昨晚重播的喪屍電影。」純純說。

「是呀，很刺激啊！」

「怎樣也不及看到醜惡的過去刺激，有時候遺忘未必是壞事。」星美說。

「咦？」忍者停下腳步，問，「是誰發現『惡魔的眼睛』？」

「不就是……嗯……」小藍一臉苦惱。

「對了，我是聽誰說的呢？」星美歪着頭說。

全體成員站定在林蔭步道，冥思苦想着。

他們都知道「惡魔的眼睛」，可怎樣也想不起從哪裏聽到這個S傳說。

「算了吧。我們午餐吃什麼？」小藍率先放棄。

「飯堂有新套餐，我們一起去試試囉。」星美說。

他們重新起步，一邊討論午餐的菜式，一邊走向教學樓。

雪朗站在林蔭步道路邊，向着阿匠等人微微笑。當他們和雪朗擦肩而過時，沒有人停步，所有人都繼續向前走。

因為，誰也看不到雪朗。

「我說過如果到了今天，你們仍然記得『我』的話，我就帶你們去我家。」

人類和妖怪有不成文的相處守則，互不干涉才能和平共處。為免影響同學們日後的生活，雪朗消除了他曾經出現的記憶。

「惡魔的眼睛」是雪朗留給大家的禮物，他們當中有人會需要傳說的幫助。至於這段短暫的友誼，只要他自己記得就夠了。

雪朗目送大家的背影，笑着揮揮手，高聲喊：「謝謝你們！」

惡魔小劇場 二

催眠大師

謎團三　惡魔的眼睛

純純放學回到家裏，眼下一片狼藉，彷彿被賊人入屋爆竊過似的。

回想今天早上，石爸和純純遲了起牀，兩人趕着上班和上學，在忙亂中尋找襪子、領帶、手機、錢包和清潔的衣服。

他們以最快速度換好上班服和校服，匆匆忙忙出門。這是個惡性循環，每隔兩三天，便會發生類似的事情。

純純不禁歎了一口氣，把書包擱在餐桌上，開始收拾亂糟糟的家。

兩父子都不喜歡做家務，除了必要的洗碗和洗衣服，其他打掃都是到了忍無可忍才會出手。

正在整理茶几時，純純一不小心，把一本雜誌踢到電視機櫃下面。他趴在地上，伸長手臂撿雜誌，找出來的除了雜誌，還有一本相簿。

「什麼時候丟在這裏？」

純純坐在地上，抖掉相簿上的灰塵，藍天白雲的雪山封面似曾相識。他翻開相簿第一頁，貼滿初生寶寶的照片，白白胖胖，十分可愛。

初生寶寶是純純，他以前見過這本相簿，卻很少特地翻閱。照片以純純的成長時間排列，除了個人照，還有和爸媽的合照。

「我們以前很開心呢！」

純純對童年往事印象模糊。看着一家人的合照，只覺得小時候很可愛，去過的地方，當時的心情，統統想不起來。

繼續往後翻，出現了遊樂場的照片。純純記得當時讀小學五年級，這是一家人最後一次去遊樂場。遊樂場合照之後是空白頁，再沒有任何照片。

外面響起扭門鎖的聲音，石爸回家了。純純望向牆上的掛鐘，才發現已經是晚上八時了。

「今天是什麼好日子，你竟然主動做家務。」石爸半開玩笑地說。

「都怪你把東西隨處亂丟，我不想住『垃圾屋』。」

「別忘了家裏有一半垃圾都是你的啊！」

純純撇一撇嘴，看到石爸只是提着公事包回來，問：「今晚吃什麼？」

「今天很累，我沒有買菜。我們在外面吃飯吧，你想吃什麼？」

純純想了想，說：「拉麪和餃子。」

「新開張那間拉麪店嗎？我都想試試看。」

晚飯時間，拉麪店門外有很多人排隊，石爸和純純足足等了半小時才能入座。兩人坐在吧台位置，點了兩碗叉燒拉麪和一份煎餃子。

「拉麪水準不錯，可惜叉燒太薄了，口感不好。」石爸說。

「我覺得學校飯堂的拉麪比較好吃。」純純說。

「你去飯堂吃午餐？」

「嗯。」

石爸聽阿匠説過純純午餐只吃香腸包，想不到他現在會去飯堂了。

「好熱！」純純脱下長袖風衣，由得兩條手臂露出來。三年以來，他堅持在外面穿長袖衣服，不管多麼熱都不會捋起衣袖。

石爸覺得純純復課後，好像改變了，笑容也變多了。

「天氣越來越熱，你要換夏季校服嗎？」石爸問。

「也好。」純純頓一頓，再問，「我的夏季校服在哪裏？」

「這個嘛……我也不知道，今晚一起找找看吧。」

「嗯。」

父母離婚，純純從沒問過原因，也沒提起媽媽。石爸為免他難過，一直沒有重提舊事。但是，不聞不問，就等於沒事發生嗎？

每次看到純純手臂的疤痕，看到他穿長袖衣服外出，石爸都很心痛。三年過去，純純現在是怎麼想呢？他可以脫下長袖外套，可不可以理解父母的想法呢？

石爸很想和純純深入交談，走進彼此的內心世界。

「你的學校是不是有個叫勇哥的園丁？」

「嗯。」

「你和他熟絡嗎？」

「嗯，我常常去溫室，勇哥教我很多植物的知識。」

「阿純，我其實見過勇哥，拜託他照顧你。」

「不會吧？」純純訝異極了。

「三年前，我們見過一次，但沒有交換聯絡方法。看你越來越喜歡種花，我猜勇哥還在學校工作。」

「勇哥沒有提起過你。」

「他要是說了，你可能不會留在溫室。」石爸喝一口冰水，緩一緩呼吸，繼續説，「你讀小五時，我和你媽的感情已經有嚴重問題。你不在家的時候，爭吵過很多次。我們在房間裏有自己的角落，完全沒有溝通。」

純純驚呆了，他察覺不到爸媽感情不好，究竟是他反應遲鈍？還是不夠關心家人？

「無論是家庭或工作，你媽都承受很大壓力，一時失控才會對你動手。看到你受傷了，她感到非常後悔。因為怕再次傷害你，她不敢再靠近你。」

純純的身體微微顫抖，感到胸口悶痛，呼吸沉重。他不是沒想過媽媽不見自己的原因，但當石爸説出來後，心臟都要裂開來了。

「阿純，你會不會原諒媽媽？」

「我不知道。」

「因為是最親近的人，所以無法簡單地說出原諒或不原諒吧。」

終於不介意手臂的疤痕了，心裏的傷口也可以痊癒嗎？

如果沒有憎恨，那就不用寬恕吧。為什麼會說不知道呢？

「媽媽現在在哪裏？」

「台灣。離婚後，她調職到台北的分公司工作，現在還沒再婚。」

「你們還有聯絡嗎？」

「偶爾在網上聊天，她始終是你媽媽，會想知道你的近況。到現在，她仍然對你深感愧疚。」

純純驀然想起一件往事：小五去遊樂場時，石爸曾經走開買汽水，母子倆在碰碰車前面等他回來。那時候，石媽蹲下來，對純純說了一些話。

究竟石媽說了什麼呢？純純想了又想，始終想不起來。

在那個場合說的，可能只是無關痛癢的話。為什麼會那麼在意呢？

假如想起來了，一家人的關係會有所改變嗎？

*　　*　　*

星美站在校務處外面的走廊，手裏拿着一封信。

入學以來，星美到過校務處很多次，這次的心情最忐忑。

「大猩猩！」忍者從遠處跑過來。

「你有沒有帶信？」星美問。

「有呀。」忍者揚起一封信。

「我們走吧。」

兩人走入校務處，把手上的信交給當值的女職員。

「麻煩你，我們來交退學信。」星美說。

「好的，讓我看一下。」

當中三同學煩惱着高中選科時，忍者提出報讀開設體育科的高中，並且希望星美和他一起轉校。

星美以前是運動健將，但對修讀體育科有很多擔憂。經過再三考慮後，她決定重投體育的世界，跟忍者一起離開誠修書院。

他們低調處理轉校的事，同學之中只通知了S傳說研究社的成員。還沒到期終試，他們對前路有些不安，卻沒有太大離愁別緒。

說也奇怪，當遞交了退學信，確定前進的方向後，心情反而變得輕鬆了。

* * *

小息時間，忍者拿着數學作業衝入3B教室。

「匠老大，我不懂做數學題啊！」

「問數學老師，不要煩我。」阿匠冷冷地說。

「第幾課的作業？」星美問。

「第十課。」忍者說。

「我班昨天開始教第十課，我都有些聽不懂。」

「咦，我為什麼沒有第十課的筆記？」小藍的筆記簿塗鴉比文字多，就算有抄筆記都是亂七八糟。

阿匠的數學筆記簿放在課桌上，忍者翻開一看，發出連串驚歎。

「匠老大的筆記很整齊啊！不過，我還是看不懂。」

「我的筆記不是給凡人看的。」

這時，純純在 3B 教室門外探頭張望，猶豫着要不要進去。

儘管同學們都是自由進出，但要他走入其他教室，總覺得有點不好意思。

「純純，見到你太好了！」忍者拿着數學作業跑出去，問，「你班教了第十課嗎？」

「嗯。」

「你有沒有抄筆記？可以借我嗎？」

「你等一等。」純純折返3A教室，再拿着數學筆記簿出來。

忍者在走廊細閱筆記，每一頁都畫出重點，並且寫下解題技巧。他說：

「你的筆記很清晰，很容易明白啊！」

小藍和星美搶着看筆記，才發現純純是抄筆記高手。

「小星星，我看到希望之光了。」小藍說。

「你一定很專心上課，而且理解能力很高。」

「理科還可以，文科便不行了。」

純純在班裏沒有朋友，不會和別人說話，專心上課只是打發時間的方法。

難得有人讚賞自己的筆記，他感到蠻開心呢！

「呀，期終試前，我們不如舉行溫習會囉。」小藍提議說。

「好啊！集合大家的筆記，取長補短，一定可以考到好成績。」忍者說。

「我沒興趣。」阿匠忽然冒出來。

「我們有純純，不用靠你。你參不參加都沒關係。」星美說。

純純從沒參加過溫習會，大家一起溫習，不會很吵嗎？因為沒試過，純純頗期待溫習會的到來。

然而，他來 3B 班的目的並不是討論溫習會的事宜。

「我有話想對你們說。」

教室和走廊人來人往，純純指指左邊，示意大家到別處談話。

*　　*　　*

「下星期五是滿月，我想看『惡魔的眼睛』。」純純說。

「為什麼？」忍者問。

純純拿出他和石媽在遊樂場的合照，說：「拍照時我讀小五，我忘記了媽媽當時對我說過的話。」

「這是很重要的話嗎？」小藍問。

「不知道，可能只是雞毛蒜皮的事，但我就是很在意。」

「也可能是具有殺傷力的話，知道後反而會後悔。」阿匠說。

「我已經做好心理準備了，即使會受傷，我仍然想知道。不過……」

「還是會害怕，所以想我們陪你看『惡魔的眼睛』。」星美說。

純純抿着唇點頭。

「惡魔的眼睛」是S傳說，身為S傳說研究社的成員，當然沒有拒絕的理由。但是……

「我們為什麼要擠在儲物室裏？」阿匠撥開旁邊的掃把。

「這裏沒有人來嘛。」純純說。

為免被人偷聽，純純要找個隱蔽的地方，最近就是走廊盡頭的儲物室，用來擺放雜物和清潔工具。

儲物室沒有窗，空間狹窄，空氣不流通，五個人擠在一起，快要缺氧了。

他們「嘭」的打開門，衝出外面大大地呼吸。

星美的手機震動了幾下，她打開即時通訊軟件，點開短訊的連結，跳出最新一期《武裝獵夢師》的宣傳海報。

「太好了！放學後去買漫畫。」

小藍趨前看星美的手機，視線往下移動，指着下方的横幅問：「這是什麼廣告？」

星美一點開來看，小藍雙眼旋即閃出亮光，大喊：「士多啤梨園任摘任食士多啤梨，五人同行，一人免費。明天放假，我們一起去囉。」

「我和大猩猩明天要去新學校，補交入學文件。」忍者說。

「我不喜歡吃士多啤梨。」純純說。

「下星期才去可以嗎？」星美問。

「士多啤梨季只到五月底，下星期沒有啦。」小藍扁起嘴說。

「最後幾天，通常只剩下又小又酸的士多啤梨，不去也罷。」阿匠說。

「這次不去，又要等一年，我真的很想去啊！」

「你問問杏花和嘉莉莉，她們應該有興趣的。」星美說。

上課預備鐘聲響起了。

小藍的心被士多啤梨俘虜，撇下同伴飛快跑回教室找嘉莉莉。

* * *

午後陽光熾熱，整個城市彷彿變成一個大熔爐。

小藍正在走向回家的車站，走到半路已經覺得口渴了。路邊的便利店漏出陣陣冷氣，她抵擋不住冷氣的召喚，走進去買飲料。

整個下午，小藍一直想着任摘任食士多啤梨，無意識從雪櫃裏取出一盒士多啤梨汁。

「所有士多啤梨汁都是藥水味，難喝死了！」

阿匠在小藍旁邊的雪櫃拿出一盒檸檬茶。

「喔，你跟蹤我。」

「我比你早來到好不好。」

小藍把士多啤梨汁放回去，改喝蘋果汁。

付款後，阿匠和小藍站在便利店的圓桌前喝飲料。

「明天跟誰去農場摘士多啤梨？」阿匠問。

「杏花和嘉莉莉都約了家人，不能去農場喔。我約不到其他人，不夠五個人，原價又太貴。」小藍撅起嘴説。

「五人同行，一人免費是大人優惠價，中學生本來就有學生優惠價。」

「真的嗎？」

小藍用手機上網查閱農場的廣告，收費表果然有學生價，而且比大人優惠價還要便宜。

「太好了！我們明天早上在學校門口集合。」小藍直視着阿匠的眼睛說。

「集什麼集？你去農場與我無關。」

「是你提醒我有學生價，當然要陪我去啦。」

「你要感謝我提醒你，回禮給我才對，休想勞役我。」

「我明天請你吃士多啤梨，保證又大又甜。」

「請什麼請？那裏本來就是付款後任摘任吃啊！」

小藍瞄一眼手錶，失聲喊：「哇！很晚了，我要回家啦，明天見！」話音剛落，她一溜煙奔出便利店，瞬間消失於人羣之中。

小藍的思維再跳脫，並非完全無跡可尋。相處日子久了，就能了解她的心思，配合她的步伐。

阿匠把檸檬茶空盒丟入垃圾箱，牽一牽嘴角說：「真是的！」

*　*　*

「士多啤梨等我喔，士多啤梨我愛你，士多啤梨啦啦啦……」

小藍一邊洗澡，一邊唱歌，心情好得不得了。

走出浴室，經過許媛的房間外面，從虛掩的門縫中，小藍瞥見牀頭櫃的抽屜打開了，媽媽坐在牀邊，手裏捧着一個相架。

小藍認得那個相架，有她和雙胞胎妹妹紫柔的童年合照。相架本來放在客廳的櫃子上，自從爸爸和紫柔去了外國後，媽媽便把相架藏在抽屜裏。不只一次，小藍目睹媽媽望着相架出神。

因為爸媽有各自想做的事情，所以暫時分開生活。暫時，即是多久？小藍常常幻想有一天放學回家，一打開門便看到爸爸和紫柔回來了。可惜，等了九年，這個願望還沒實現。

爸爸會不定時寄明信片回家，收信人全部都是小藍。起初，許媛會看這些明信片；後來，她叫小藍通知她收到明信片便行了。小藍知道爸媽偶爾會通電話，卻不知道他們談什麼。

兩母女有時會談起爸爸，但很少提起紫柔。小藍知道越是想念的人，越是無法說出對方的名字。一旦說出來了，眼淚便會止不住流下來。因此，她們都在學校裏隱瞞了家人在外國的事。

這個夜晚，媽媽在想什麼呢？兩個女兒的童年回憶？還是想像紫柔長大後的模樣？

小藍放輕腳步返回房間，輕力關上房門，大字型躺在牀上。

今晚早些睡覺的話，可以夢見紫柔嗎？

在夢裏，兩姊妹一起摘士多啤梨，暢快地吃，開懷地笑，有談不完的話題……

*　　*　　*

「哇！好多士多啤梨啊！」

農場的溫室面積廣闊，空氣中瀰漫着甜甜的香氣，滿目士多啤梨令小藍陷入瘋狂狀態。她摘下一顆特大士多啤梨，急不及待放入嘴巴裏，滿足地笑着說：「好甜啊！」

小藍提着農場提供的籃子，沿着溫室的走道蹦蹦跳跳，盡情地挑選又大又紅的士多啤梨。

士多啤梨可以在指定時間內任摘任吃，也可以付款帶走。阿匠很快摘了一籃子士多啤梨，打算帶回家送給家人。

「喂，你還記得我在這裏嗎？」阿匠問吃得忘形的小藍。

「忘記了，嘻嘻。」小藍答得直接。

「我回去。」

阿匠一轉身，小藍便拉着他的衣服，說：「不要走，你還有重要任務喔。」

「我已經完成任務了。」阿匠揚起手上的籃子。

「幫我拍照。」

小藍把手機交給阿匠，捧着士多啤梨擺出可愛的姿勢。

阿匠無奈地充當攝影師，又是拍照，又是拍影片。

「請問可以幫我們拍照嗎？」一個中年男人走過來，問阿匠。

「好的。」

中年男人把單鏡反光機交給阿匠後，回到同行的中年女人身邊，搭着她的肩膀。兩人態度親暱，儼如一對戀人。

阿匠幫他們拍了兩張溫馨的合照。交還相機時，中年男人說：「謝謝！我也幫你們拍合照。」

阿匠正想開口婉拒，小藍搶着說：「好呀。」她把手機交給中年男人，再走到阿匠身邊，笑嘻嘻地遞出放滿士多啤梨的籃子。

中年男人看着手機熒幕，皺一皺眉頭，說：「男生太高了，稍稍彎腰，你的籃子也遞出來。」

雖然阿匠覺得他很麻煩，但也照着做。接着，中年男人又說：「中間有空隙不好看，你們靠近一些吧。」

阿匠和小藍同時向對方走近一步。中年男人還是不滿意，再說：「男生寬容一些，笑一個吧。」

阿匠在心裏嘀咕，沒完沒了，快些拍吧。他才露出笑容，便聽到「咔嚓」的聲音。

「拍得很漂亮啊！」中年男人充滿自信。

「謝謝！」小藍即時把合照傳送給阿匠，然後繼續摘士多啤梨。

阿匠看着手機裏的合照，覺得構圖很好看，笑容很燦爛。而且，兩人靠得很近，幾乎面貼面。

拍照時，阿匠只是依照指示去做，沒有多作思考。現在看着合照，他竟然聽到自己心臟鼓動的聲音，感到有點害羞。

時間在歡樂的氣氛中快速流走，任摘任吃的時間結束了。

出口處有一張長桌，擺放了很多農場自製的士多啤梨產品。

「這裏有士多啤梨果醬呀！」

小藍舉高一個紅色玻璃瓶，果醬混入大量士多啤梨果肉，看起來既鮮甜又美味。

「你已經吃了很多士多啤梨，還要買果醬，吃不膩嗎？」阿匠說。

「我買給媽媽的，她喜歡吃果醬多士喔。你都買啦，你媽媽一定很開心。」小藍把一瓶士多啤梨果醬塞給阿匠。

「她又沒有叫我買果醬。」

「意外驚喜嘛。媽媽心情好，可能會加零用錢喔。」

「今天送果醬，明天送不合格測驗卷，許校長要減零用錢才對。」

「對了，下星期有測驗。」

「你求我，我也不會借筆記給你影印。」

「放心啦，我不會再問你借筆記的了。」

小藍的答案令阿匠十分意外，她向來在測驗前夕才溫習，沒有阿匠的筆記，怎能應付測驗？

「你決定走自暴自棄路線嗎？」

小藍晃了晃手指，說：「古語有云：『守得雲開見筆記』。純純的筆記簡單易懂，簡直是中學生的『天書』。現在有純純，我要和不合格分手了。」

明明是我的筆記寫得比較詳細，純純的筆記算什麼？
阿匠從牙縫發出「嘖」一聲，板着臉雙手插袋走出溫室。
門外的展示架有很多活動傳單，小藍好奇地逐一拿出來看。看着看着，「哇」的叫了出來。
「你又發現了什麼？」阿匠睨着小藍。
「水族館和輕鬆小熊舉辦聯乘活動，每位入場人士都可以獲得一枚輕鬆小熊襟章啊！」
「又去玩？下個月期終試，你不用溫習嗎？」
「我是臨門衝刺型考生，太早溫習很快忘記，只會浪費時間。」
「你懶惰就認了吧。」
小藍湊近阿匠，瞇細眼睛說：「下星期，我們一起去水族館囉。」
「傳單不是我發現的，你去水族館與我無關。」

「襟章總共有兩款，我們一人一枚，就可以集齊兩款了。所以呢，我一定要跟不喜歡輕鬆小熊的人去水族館喔。」

阿匠在心裏想，這是什麼鬼理由？我才不要被人利用！

「我對水族館沒興趣。」

「你去到就會覺得有趣啦。」

「就算我有襟章，也不會給你的。」

「同班同學要互相幫助，自私自利會下地獄喔。」

「好呀。」阿匠按着小藍的頭，奸笑着說，「我在地獄等你。」

「喜歡輕鬆小熊的可愛少女是不會下地獄的啊！」

阿匠不想被小藍糾纏，指着她後面說：「那個輕鬆小熊背包很好看。」

「真的嗎？哪裏？」

阿匠趁小藍移開視線，加快腳步走向車站。走了一會，他回頭看，小藍知道被騙，正在追上來。

兩人不停加速，越走越快，最後演變成一場追逐戰。

*　　*　　*

星期五，天氣預報說晚上無雲，可以看到滿月。

S成員打算放學後躲在溫室裏，直至學校關門後才出來。明天是假期，他們只要對家人說去同學家溫習，晚些才回家，便不會露出破綻。

當他們作出這個決定後，同時湧出似曾相識的感覺，好像不久前做過類似的事情，但沒有一人能記起這樣做的原因。

昨晚，純純心情緊張，一夜沒睡好。大清早，他來到誠修綜合大樓旁邊的草地，草地後方有一個圓形水池。池裏沒有養魚，池邊長滿田字草。

小藍和忍者誤以為田字草就是幸運草，曾經用它來做掛飾送給同伴。今天，純純特地把這個掛飾綁在書包，祝福不是來自幸運草，而是希望對方過得幸福的心意。

石媽在遊樂場說過什麼呢？純純想像過很多個版本，可無論哪個版本，最後都是難過收場。因為現實的結局是爸媽離婚，媽媽走了，所以他自然會朝着壞方向想像。

「緊張嗎？」

一把女生聲音從背後響起，純純轉身一望，原來是星美。

「嗯。」

星美猜到純純睡不着，會一早回到學校。她本來想去溫室找他，但想到以他現在的心情，應該會去圓形水池，結果他真的在這裏。

「我想知道未來，看了時光魔鏡；你想知道過去，要看『惡魔的眼睛』。我們都在人生的時間軸上迷路呢！」星美不無感慨。

「你是看到未來的影像，才下定決心轉校嗎？」

「嗯……可以說是，也可以說不是。」

「什麼意思？」

「我想知道自己的能力，在體育的範疇能夠去到哪個地步。如果只想而不做，總有一天會埋怨以前未盡全力，我不想將來後悔。無論看到怎麼樣的未來，最終作出抉擇的人，始終是自己。」

「你的想法很成熟。」

「你是轉個彎取笑我老嗎？」星美鼓起腮幫。

「不，我沒有這個意思。」純純猛力耍手。

星美抿嘴一笑，半開玩笑說：「不如你也來我們的學校，那裏沒有溫室，但有花卉社團。」

「什麼？我也轉校？」純純浮出輕微困惑的表情。

糟了！我剛才說了什麼？星美即時後悔了。

衝口而出的話看似說得輕巧，花卉社團卻是星美特別留意到的。純純沒有轉校的理由，而星美也沒有任何立場帶他走。

「你和忍者感情好，他走了之後，你會寂寞吧。而且，你還要應付討厭的四眼墨魚，怪可憐的嘛。」星美趕快打圓場。

「最應該轉校的人是阿匠才對。」

「絕對正確！」

共同「敵人」出現了，他們都忍不住咯咯地笑。

池面在陽光的映照下一閃一閃，月色下的水池會有另一番景象嗎？

「星美，我可以拜託你一件事嗎？」純純收起笑臉問。

「什麼事？」

「過了今晚，如果我又再封閉自己，拒絕所有人靠近，請你狠狠地責罵我。」

好朋友才會看到對方犯錯，不留情地指責；好朋友才會感受到對方的傷，感同身受地痛哭。

星美對純純的關心傳達到他的心底裏，成為最溫柔的守護。

「放心吧，我不懂得安慰人，但最擅長罵人。」

「謝謝！」

即使純純沒有說清楚，星美也明白這聲「謝謝」包含過去和未來。

好想一直留在純純身邊，星美這麼想着。

＊　＊　＊

勇哥比S成員早離開溫室，不知道他們繼續留下來。

每個S傳說都有機會是誤傳，S成員每次都以查證的心態面對。然而，這次是例外的，他們都堅信「惡魔的眼睛」真確無誤。

入黑後，他們避開保安員的巡邏時間，悄悄來到圓形水池。夜空有薄薄的雲，暫時看不見滿月。

「月出之前，有一件要向你確認。」阿匠的語氣很認真。

「什麼事？」純純問。

「你要我們陪你，是想我們一起看你的過去，還是留在附近等候？」

眾人如夢初醒，沒有人想過這個問題。

這是純純的家事，其他人一同觀看，如同窺探私隱，可能令當事人難受。

同伴的目光聚焦在純純身上，聽候他的指示。

「你們不和我一起看，事後也會問我吧。到時，我又會猶疑要全部說出來，抑或只是交代一部分。所以……」

「我們一起看『惡魔的眼睛』。」小藍急着插話。

「嗯。」

「我其實很想看，幸好沒有被你拒絕。」忍者搔着頭說。

「我沒有帶望遠鏡，不讓我一起看就慘了。」小藍說。

「你是偷窺狂嗎？」阿匠白了小藍一眼。

純純笑了，然後大家都笑了。

緊張的心情不會輕易隨着笑聲消失，此刻的心裏卻多了一份安全感。

這是信任吧，相信無論結果是好是壞，同伴依然會陪在身邊。

這時，雲層漸漸散開，露出一輪滿月。月光灑遍校園，滿月的倒影落在圓形水池，把池面照出一片淡黃。

全體成員互相看着對方，輕輕點一下頭，一起走到池邊。

純純深呼吸，把他和石媽在遊樂場的合照掉入池裏。

「我想知道媽媽和我說過什麼？她對我是怎麼想的？」

話音剛落，池面盪出淺淺的波浪，波浪漸漸顯出色彩，色彩再匯聚成畫面。最後，池面映出一家三口在遊樂場的情景。

那是一個炎熱的午後，小五的純純和爸媽在遊樂場玩碰碰車，車輛互相碰撞，撞出歡樂的笑聲。

玩了一趟，純純已經滿頭大汗了。

「誰要喝冰凍的可樂？」石爸問。

「我要！」純純喊。

「我去小賣店買可樂，你們在這裏等我。」石爸說。

等了很久，石爸還沒回來。

純純丟下一句「我要再玩碰碰車」，便拔腿跑去入口處。他太心急，跑得太快，一不小心摔倒在地上。

「阿純！」石媽慌忙奔向純純，檢查他的傷勢。他的膝蓋擦傷了，傷口沾滿泥沙。

石媽扶純純坐在長椅上，用清水洗傷口。

「好痛！」純純痛得幾乎飆出淚水。

石媽心痛極了，說：「我寧願受傷的人是我，可以代替你受傷就好了。」

「到時輪到你痛得大叫。」

「你知道嗎？女人天生忍耐力特別強，再痛都能忍受。不然，我怎能把你生下來？」

受傷就會痛，哪有分男人或女人？

純純看看膝蓋的傷口，再看看石媽，一臉似懂非懂的模樣。

池邊的純純呆住了，他全然忘記曾經跌倒受傷，因而忘記了石媽的溫柔。

畫面一轉，切換成石家的客廳。石媽坐在餐桌前，桌面排列着多張照片。她打開一本相簿，把照片逐一放入相簿裏。

每拿起一張照片，石媽都仔細欣賞，眼裏漾滿和藹的笑意。當她拿起一家三口在遊樂場的合照時，微笑的眼睛浮出絲絲憐惜。

「阿純，我真的很想陪在你身邊，看着你長大。但是，我已經不愛你爸爸了，我們的感情無法再修補，每一天都過得很痛苦。只要媽媽忍耐下去，是不是就能一直和你一起生活？」

由於父母不再相愛，昔日用愛去包容的缺點和分歧，隨着愛的消逝，日漸變得厭惡。

石媽說出這番話的時候，還不知道在不久將來，持續忍耐累積成巨大壓力，最終令她精神崩潰，造成無可挽救的局面。

「為什麼不對我說？只是一點點也好，我都想和你分擔。你不說出來，我怎會知道你的痛苦？」

純純抓住胸口，心痛得心臟快要撕裂，傷心地慟哭起來。他很想跳入水池裏，給媽媽一個擁抱。

「嗚……嗚嗚……」

身邊的同伴感受到母子倆的傷痛，同樣抹了一把眼淚。

池面再次泛起淺淺的波浪，過去的影像在波浪中漸漸消失。

「純純！」忍者用力地摟着純純，淚水鼻涕都沾在他的肩膀上。

「嗚……純純！」小藍和星美撲過去，從後摟着他。

阿匠遲疑了片刻，腼腆地走上前，也送上溫柔的擁抱。

*　　*　　*

晚上十二時，許媛掀起被子，準備就寢。

突然，房門「嘭」的打開，把許媛嚇了一跳。

「媽媽，吃宵夜啦。」小藍喊。

「我不餓，你自己吃吧。」

「你的肚子向我告密，說它快餓死了。」

「你又在胡說什麼？」

許媛覺得很睏，不理小藍，鑽入被子裏。小藍不放棄，強行拉起許媛，再把她拖出房間。

餐桌上有多士和士多啤梨果醬，還有熱騰騰的玫瑰花茶，全部都是許媛喜歡的食物。

「麵包竟然沒有烤焦。」許媛以為又要吃黑炭多士。

「當然啦，我有練習過嘛。」小藍得意地說。

「練習？你總共浪費了多少片麵包？」

許媛望向廚房，多士爐旁邊有一疊烤焦麵包，看來要把宵夜當作早餐了。

小藍不久前才買了士多啤梨果醬，現在又特地做宵夜，許媛肯定小藍有事相求。她把果醬塗滿多士，吃了一口後說：「我吃了前菜，你可以上主菜了。」

「你怎知道還有主菜？」小藍以為掩飾得很好。

「你想怎樣？測驗又不合格嗎？還是想加零用錢？」

小藍用手臂做出交叉手勢，調皮地說：「你猜錯了。」她從餐桌下面取出一個印花紙盒，遞給許媛。

「這是什麼？」

「凌家的寶物。」

許媛滿腹狐疑地打開盒蓋，盒子裏放滿了一張張來自世界各地的明信片。

「這是……」

「九年以來，爸爸和紫柔寄來的明信片，全部都是爸爸寫的，紫柔只是簽名。雖然只有簽名，但看着紫柔字跡的變化，好像可以看到她的成長。」

「我說過不用給我看他們寄回來的明信片。」

小藍握着媽媽的手，筆直地望着她的瞳孔說：「媽媽，我相信爸爸和紫柔會回家的。你想念紫柔的時候就對我說，難受到想哭的時候就抱着我哭。我們以後都把想念的心情說出來，分擔心裏的不舒服好嗎？」

許媛的心被小藍的體貼觸動了，瞬間紅了眼睛，眼眶中漾滿盈盈的淚水。

當聽到石媽的剖白時，小藍才明白即使是家人也不會心靈相通，不說出內心的感受，便無法把想法傳達給對方。互相揣度，最終只會造成誤會和傷害。

這一刻，小藍可能無法徹底理解許媛的想法，但她決定不再讓媽媽獨自承受，她會陪在媽媽身邊度過所有難受的時刻。

「雖然說不說出來都無法改變現實，但你說出來的話，我就不是孤軍作戰了。所以呢，在爸爸和紫柔回來之前，我每天都陪你吃果醬多士。」

「你真是……」

許媛用手掌摀住眼睛，接住流個不停的淚水。

小藍撕下一小塊果醬多士，放到許媛的嘴邊，讓她吃下去。

「好吃嗎？」

許媛含着淚點頭，士多啤梨果醬的香甜滑進喉嚨，滋潤了乾涸疲憊的心。她又哭又笑，不知怎麼辦才好。

小藍也把果醬多士送入嘴巴，和媽媽分嘗喜愛的味道。

紫柔也喜歡吃士多啤梨嗎？還是喜歡吃藍莓或紅桑子？

就這樣想像着各種生活小細節，靜心等待重要的人回家吧。

惡魔小劇場 三

最愛水族館

謎團四　火焰鐘樓

六月，踏入畢業季，迎來期終試的緊張時刻。

學校的溫室變成S成員的溫習室，他們每天聚在一起溫習。

小藍、星美和忍者影印了純純的筆記，可純純不擅長教導，自己明白的地方，並不懂得教別人。

在溫室裏，只有一個人沒有加入溫習行列，還不時發出陣陣笑聲。

「你要看小說就回家看，不要影響我們的士氣。」星美不滿地嚷。

「匠老大，你不如來教教我們啦。」忍者說。

「誰叫打擊士氣是我的嗜好！再說，你們已經被新學校取錄了，期終試合不合格都沒關係。」阿匠說得輕鬆。

「但我和純純還要在誠修升高中喔。」小藍說。

「你們一個肯定順利升班，一個無藥可救，也是與我無關。」

「你會有報應的。」純純瞇起眼睛說。

「好啊，我很期待呢！」

兩星期後，漫長的期終試終於結束了。

報應沒有臨到阿匠身上，他的狀態非常好，不用等到發成績表，都知道會以全勝姿態拿到全級第一名。

純純、忍者和星美都有信心全科合格，小藍也發揮臨門衝刺型考生的力量，拚搏了兩星期。每天走出考場後，她都有死裏逃生的感覺。

現在，雖然還要上學，仍然有功課，但同學們已經進入放暑假的狀態了。

這天午休，杏花進入 3B 教室，黑馬一見到她便眼睛閃亮，嘴角上揚。

杏花走到嘉莉莉的座位面前，說：「我們去咖啡店吃意大利粉囉。」

嘉莉莉收拾着課本說：「好呀，小藍，你一起去嗎？」

可是，沒有人回應。

「小藍不在這裏。」杏花望着小藍的座位說。

嘉莉莉環視教室，自言自語似的說：「她什麼時候出去的？」她向着教室後方喊：「小星星，小藍是不是和你們吃飯？」

「小藍早上說過午休不用等她，我以為她和你們吃飯。」星美喊。

黑馬聽到女生們的對話，在心裏想：我很想和杏花去咖啡店吃意大利粉啊！如果我可以代替小藍就好了。

黑馬暗自為自己打氣，不經意地在杏花左邊走過。杏花沒有反應，他於是走回頭，再從右邊走過。來回走了兩次，杏花依然留意不到他。

「喂，黑馬，去打籃球啦。」

一個男生從後拍打黑馬，把他推出教室。

「等……等等……」

黑馬傷心得想哭，杏花的身影越縮越小，最後消失於視線之中。

杏花和嘉莉莉去洗手間看了一下，小藍不在裏面。

午休時間緊迫，本來就沒有事先約好，她們不再找小藍，自行去咖啡店。

* * *

放學後，S成員如常聚集在溫室裏。

忍者借來新推出的桌上遊戲，打算和同伴一起玩個痛快。他把遊戲卡分成五份，每人拿起自己的遊戲卡後，還剩下一份遊戲卡。

「咦，小藍沒來嗎？」忍者這時才發現少了一個人。

「我收拾書包後便見不到她，好像一下課便走了。」星美說。

「她去了哪裏？」

「她可能發現新玩意，去了其他社團，也可能肚子餓，正在吃下午茶。她心血來潮想到什麼便去做，誰知道她下一秒會去哪裏。」阿匠說。

「匠老大，你原來很了解小藍，你們的感情真好！」

阿匠的心抖了一下，藉着扶正眼鏡遮掩臉上浮現的心虛。

縱使知道忍者不是話裏有話，但阿匠還是會把話想到更深層次。

感情真好！

這份感情足足累積了九年，現在仍然一點一滴慢慢地累積。

「喂呀，我們還等不等小藍？」星美等得不耐煩了。

「我們先開始，小藍來了再讓她加入吧。」純純說。

三天過去，小藍一到午休和放學便不見蹤影。任何人約她，她都說很忙，可沒有人知道她忙什麼。

小藍的行蹤太神秘了，開始引起同伴的懷疑。

* * *

晚上十時，純純做完功課，拿起手機想玩網上遊戲。手機桌面的即時通訊軟件圖示躍入眼中，胸口傳來一陣悶痛。

那一天，石爸在拉麪店提起連串往事。之後，他把石媽的即時通訊軟件帳號交給純純。假如純純做好心理準備，想和媽媽聯絡，可以自行找她。

月圓之夜，純純得知石媽當年的心情後，一天比一天掛念她。然而，純純不清楚她現在的想法，一直沒勇氣給她發短訊。

三年以來，媽媽試過多少次像現在這樣，呆望着手機桌面的圖示，猶疑着要不要按下去呢？

思前想後，到了晚上十一時，純純鼓起勇氣，按下即時通訊軟件的圖示。他找出石媽的帳號，輸入「我是純」，按下發送鍵。

純純緊盯着手機熒幕，一分鐘後，訊息顯示為已讀。他不由得心跳加速，緊張得手心冒汗。

過了三分鐘，石媽傳來短訊：「天氣很熱，身體好嗎？」

終於可以和媽媽聊天了！

純純激動得泛起淚光，用顫抖的手輸入一個個文字。

「我向來身體健康，很少生病。」

「這樣就好了。」

母子倆分開太久，顯得十分拘謹。只是寥寥數字，都要重複輸入和刪除，考慮良久才發送出去。

「現在做什麼？」石媽問。

「和你通短訊。」

石媽傳來一張搔頭傻笑的貼圖。

純純「噗哧」一笑，彷彿聽到對方的笑聲，繃緊的心情一下子放鬆了。

「工作辛苦嗎？」

「還好，偶爾加班，不會太吃力。下班後，我有時會玩手機遊戲，你有什麼介紹？」

純純的興趣就是種花和玩手機遊戲，推介的遊戲可多了。

「你有沒有玩過……」

純純趴在牀上，介紹最近喜歡的手機遊戲。

因為有共同興趣，彼此的對話變得輕鬆了，像老朋友一樣說個不停。

本來還想談談生活上各種事情，才發現時間不早了，明天還要上班上學，不得不睡覺了。

逝去的時間追不回來，犯過的錯誤抹掉不去。假如後悔了，在往後的日子，還可以彌補昨天的過失嗎？

* * *

阿匠獨自進入舊綜合大樓，向大樓東翼走過去。他一直走到東翼走廊的盡頭，打開門後沿着昏暗的樓梯往下走。到達地底後，還有一道木門，門上並沒有活動室掛牌。

不久之前，校內三位中六同學組成秘密社團「反黑組」，運用高超的電腦技術偵破了「黑客毒蝙蝠」的S傳説。

這個地下室就是反黑組的秘密基地，他們已經把所有電腦器材搬走，不會再來這裏。直至現在，老師還不知道有人暗中使用過地下室。

阿匠牽起單邊嘴角，扭開門把。

「你已經被逮捕了！」他模仿小藍的口吻説。

「你怎會知道我在這裏？」小藍大吃一驚。

「你以為我是誰，你的行蹤都在我掌握之內。」

房間中央的桌子上有一台手提電腦，還有筆記簿和散亂的紙張。

小藍把家裏的手提電腦帶回學校，躲在地下室進行秘密任務。

阿匠在小藍對面坐下來，拿起一張列印紙來看，上面寫着S傳説「時光魔鏡」的發生經過。他再翻開筆記簿，裏面記錄了各個S傳說的資料。

S傳說研究社只有一年壽命。成立初時，小藍說過要把一年的經歷寫成《S傳說紀錄大全》，並且把這本書藏在學校圖書館裏，留待學弟學妹發掘出來。

阿匠以為小藍只是隨口說說，沒料到她竟然付諸實行。

「為什麼不告訴我們？躲起來做社團的事，不像你的風格。」阿匠說。

「我怕我會捨不得喔。」

「快到結業禮，你不是更加應該珍惜見面的機會嗎？」

「我就是不想把離愁別緒擴散開去。」

室內燈光昏暗，阿匠仔細一看，才發現小藍的眼眶通紅。

一個人邊寫邊哭，真是笨得無藥可救！

「你又不是第一次在我們面前哭，哭得再醜都沒有人介意。」

「我不是介意自己哭泣的樣子，我只想給大家意外驚喜，希望小星星和忍者開開心心地畢業。」

全心全意為身邊人設想，別人開心，自己也會開心，果然是小藍的作風。這一次，阿匠卻無法認同她的處事方法。

「《S傳說紀錄大全》屬於整個S傳說研究社，你現在獨斷獨行，就是不把我們放在眼內。」

「哪有這麼嚴重，我寫好後會給你們看啦。」

「嚴不嚴重不是由你自己決定。」

阿匠起來走到門前，冷不防把門打開，星美、忍者和純純一起倒在地上。

「好痛！」三人搓着撞痛的手腳，很明顯一直在門外偷聽。

「你們也來了？」小藍驚訝得彈起身來。

「你們被忍者的跟蹤癖病毒傳染了。」阿匠挖苦星美和純純。

「我們都想知道小藍躲在哪裏。」純純說。

阿匠一早知道被忍者等人跟蹤，中途還故意製造危機，讓他們以為險些被人發現，在慌亂中找地方躲藏。

真是太有趣了！阿匠最喜歡看到同伴慌張失措的狼狽樣子。除此之外，他還喜歡看到秘密被揭穿後，當事人嚇一跳的反應。

「小藍，你真是大笨蛋！」星美紅着眼睛摟着小藍。

「小星星，我現在已經很想念你，你轉校之後怎麼辦？」小藍哽咽着說。

「那麼你就更加不要躲起來，爭取時間見面啊！」

「嗚……嗚嗚……對不起！」

女生們的眼淚也會傳染，忍者和純純的鼻子有點酸，眼角閃出淚光。

阿匠看到寫着「儲物室的幽靈」的列印紙，不禁皺起眉頭，說：「你連我和爺爺的事都寫出來，嚴重侵犯我的私隱。」

「是你告訴我的，不可以寫嗎？」小藍反問。

「我去掃墓的感想和幽靈會否害人是兩件事，你不能把聽到的事情統統寫出來。還有，哪有人用真名來紀錄？這種類似手記的文體應該用代號，例如英文名的首字母。」

阿匠一口氣指出多個問題，小藍才知道一直朝着錯誤方向整理資料。

「我不知道哪些內容要寫，哪些不要寫喔。」小藍說。

「懂得把資料恰當剪裁的話，就不是小藍了。」星美聳一聳肩。

「這是S傳說研究社的最後任務，我們一起整理資料吧。」忍者情緒高漲。

全體S成員一起閱讀小藍撰寫的文章，修改錯字、更正紀錄、補充缺漏……閱讀時彷彿坐上時光機，重返校園的每個角落，感到窩心之餘，也會忍不住大笑。

「我們是不是依照發生時間排列？」小藍問。

「這樣的話，最後一個S傳說就是『惡魔的眼睛』。」星美說。

「不，『惡魔的眼睛』不是最後一個S傳說。」阿匠說。

「不會吧？還有其他？」

「什麼S傳說？快說快說。」小藍心急極了。

「那是……」

「是什麼？」

阿匠掃視同伴一眼，賊笑着說：「那是和我們有切身關係的S傳說。」

* * *

石爸坐在餐桌前，正在用手提電腦處理公司文件。

純純從房間出來，想走上前去，想了一會後，又返回房間。不久，他再次出來，大步走到石爸旁邊。

「爸爸，你有時間嗎？」

「什麼事？」

石爸把手提電腦推到一旁，叫純純坐在他對面。

「這個暑假，我可以去台北探媽媽嗎？」

石媽收到純純的短訊後，高興得立刻告訴石爸。他知道兩母子之後不時互發短訊，多少猜到純純有一天會想去台北。

「你沒試過一個人坐飛機，要不要我陪你？」石爸微笑着問。

「我又不是小孩子，可以自己坐飛機，不過你要幫我買機票。」

這些年，純純所經歷的事情使他急速成長，外表仍然青澀稚嫩，心智年齡可能已經是成年人了。

「那麼我不用幫你訂兒童餐了。」石爸算是答應了。

「當然啦。」

「你打算在台北逗留多久?」

「我很久沒見過媽媽。一個月……可以嗎?」

自從純純主動聯絡石媽,兩人冰釋前嫌,石爸有個想法一直盤踞在心頭。當純純還年幼,有些事情必需由父母作主。到了現在,石爸相信純純有足夠判斷力,自行作出各種決定。

「阿純,機票可以買雙程,也可以買單程。」

「什麼意思?」

「我的意思是……」

* * *

中學部教學樓的樓頂有兩個大鐘,分別面向校外和校內。每年六月下旬的日落時分,太陽落下時會降在教學樓正上方,大鐘被夕陽染成橘紅色,好像被火球的烈火焚燒似的。

這個奇景稱為「火焰鐘樓」，相傳只要畢業生一起見證奇景，就會友誼長存。但是，「火焰鐘樓」受天氣因素影響，要是下雨或陰天，便會看不到了。六月是雨季，看到這個奇景的機會率並不高。

畢業之後，友誼能否維繫，取決於大家是否願意付出。儘管明知友誼不會因奇景而改變，但把奇景視為共同見證的美好時光，可說是珍貴的體驗。

S成員問過學校老師，因持續下雨和颱風的關係，過去三年都看不到「火焰鐘樓」。曾經看過這個奇景的老師，只記得在天台觀看，卻記不起是哪幢建築物的天台。

傍晚時分，S成員親身走上校內所有建築物的天台，尋找觀看「火焰鐘樓」的最佳位置。

全體成員站在綜合大樓的天台上，在這裏可以看到整個大鐘。由於有些微煙霞，天空一片淡淡橘黃，看不清楚整個落日。

「看來要非常晴朗的日子才能看到『火焰鐘樓』。」星美說。

「或者雲層在遠處，落日附近是晴空。」純純說。

「在其他位置觀看，角度改變了，景色會不會不一樣？」忍者問。

「現在的最大問題不是位置，而是天氣。」

阿匠揚起手機，天氣預報由明天開始，將會連續十天下雨。

「不會吧？」忍者驚叫。

「我第一次那麼討厭下雨天。」星美撅起嘴說。

「天氣預報常常失準，信不過啦。」小藍晃着手指說。

「不過，連地下天文台的預測都是一樣。」純純看着手機網頁說。

《S傳說紀錄大全》只剩最後一個S傳說，由學期初的「九月飛花」開始記錄，以學期末的「火焰鐘樓」結束，是最圓滿的編排。

如果是平常日子，看不到奇景只會感到有點可惜。但是，星美和忍者即將離開誠修書院，大家無論如何都想在離別之前，留下多一個美好的回憶。

看着天氣預報的下雨圖示，大家都覺得情況並不樂觀。

難道他們要帶着遺憾結束S傳說研究社嗎？

*　*　*

天氣預報沒有失準，翌日真的開始下雨了。

「我討厭下雨天。」星美伏在課桌上，撅起嘴說。

「天氣預報有時會失準，我相信明天便會放晴。」小藍充滿希望。

再過一天，不單只沒有停雨，雨勢反而更大了。

「我最討厭下雨天。」星美伏在課桌上，撅起嘴說。

「天氣預報不必太準確啊！太陽你在哪裏？」小藍打開窗，向着天空吶喊。

放學後，雨總算停了，天空仍是一片陰沉沉。

阿匠的原子筆用完了，到學校附近的文具店購買新的原子筆。付款時，他透過玻璃窗望見對街的花店，門前的鮮花攫住了他的視線。

阿匠本來對花不感興趣，不會刻意在花店前駐足觀看。或者受到純純的影響，他現在在街上見到花會多看一眼。不過，他沒興趣種花，更加不會買花。

「咦，小藍？」

小藍在花店前面走過，她從街頭走到小巷裏，不時探頭張望。

連續下了兩天雨，阿匠估計她是擔心流浪貓的安全，特地前來探望牠們。他站在文具店前，交替互望小藍和花店，半晌之後走進花店裏。

小藍走入快餐店的後巷，巡查放在牆前的竹簍和紙箱，似乎沒有流浪貓來過的痕跡。

「流浪貓懂得找地方躲雨，你擔心什麼？」阿匠在小藍後面說。

「如果沒有人騷擾牠們的話，牠們當然安全啦。」小藍對於阿匠的出現並不感到意外。

「原來你也知道這個世界有壞人。」

「我們去那邊囉。」

小藍把阿匠當作巡邏隊員，一起在街上尋找流浪貓。阿匠以前也試過在街上偶遇小藍，被她拉着為流浪貓搭建臨時避雨亭。

無論阿匠說過多少次流浪貓自有生存方法，小藍不在街上走一遍，親眼確認沒有肚子餓或受傷的貓咪，她是不會死心的。

巡查完畢，走出大街，開始下雨了。

小藍站在簷篷下面，在書包找雨傘。

「拿着。」阿匠把一枝粉紅色玫瑰花塞給小藍。

「好漂亮啊！」

「剛才有人在街上派發，不要就丟掉吧。」

「想不到過了母親節，還有人在街上派花。」

在母親節派發的是康乃馨，兩種花的花語完全不同啊！

阿匠無奈地輕歎，小藍的反應遲純得非比尋常，期望她有一天變聰明，似乎比查證S傳說還要困難。

「你拿去送給許校長吧。」

「不，我要放在自己的房間裏。」

即使明知小藍說話只有字面的意思，阿匠還是感到一絲絲喜悅。

雨滴滴答答打在簷篷上，像一首節拍強勁的樂曲，心臟隨着音樂的節奏跳動。

看着雨點，聽着雨聲，小藍的頭頂彈出明亮的燈泡。

「呀，我想到不再下雨的方法了。」

「你要用炮彈把雨雲打散嗎？」

「我們不要高科技，只要還原基、本、步！」

* * *

最新一期《夏目友人帳》出版了。

漫畫研究社的活動結束後，星美馬上去學校附近的書店，購買她喜歡的漫畫，再去咖啡店閱讀。

「夏目太帥了！」

星美被封面的夏目迷住，一邊低頭欣賞，一邊步向收銀處。

「碰！」

星美撞到前面的顧客，雙方手上的書都掉到地上。

「對不起！」

地上除了《夏目友人帳》，還有一本台北旅遊書。

星美俯身撿起地上的書，對方同時伸出手，手臂上有一道疤痕。

星美抬起頭來，失聲喊：「純純？」

「我們以前也試過這樣呢！」純純把《夏目友人帳》交給星美。

很久以前，星美在這間書店購買關於失語症的書，遇上購買數學參考書的純純。當時，雙方還沒熟絡，感到非常尷尬。

「你暑假去台北嗎？」星美問。

「嗯，探媽媽。」

「你媽媽住了這麼久，叫她帶你去玩，就不用花錢買書。」

「只有我放暑假，她仍然要上班，不能天天陪我。」

「呀，我忘記了大人要上班。」

星美曾經覺得純純的樣子很像夏目，有段時間經常把純純看成夏目，或者把夏目看成純純。相處久了，她現在看着純純，不會再產生幻覺。

純純就是純純，是獨一無二的存在。

轉校之後，我們大概不會再在這間書店相遇。從此之後，我們應該不會時常見面。那麼，現在我可以說出對你的想法嗎？

購買台北旅遊書是石爸的意思，純純認為上網搜尋資料便足夠了。至於機票是買單程或雙程，他聽過石爸的分析，再經過仔細考慮後，亦作出了決定。

不知為何，純純很想把這個決定首先告訴星美。

「我想……」

星美和純純同時出聲，定睛看着對方的臉。

「你先說。」星美說。

「不，你先說。」純純說。

「那個……我……我其實……」

「不好意思，借過一下。」

店員推着書車從星美和純純中間走過，兩人才察覺到一直站在書店的走道聊天。

對了，這是書店，四周還有很多顧客正在選書，現在不是傾訴心事的時候，他們同時這麼想着。

走出書店，他們向着相反方向步向車站，心中泛起悵然若失的感覺。

下次，下次一定要把心底話說出來。

*　*　*

已經連續下了五天雨，整個城市彷彿浸在大水缸裏，走到那裏都濕答答。

忍者、星美和純純並排伏在教室窗前，眺望着灰色的天空，飄雨灑在心頭，不禁重重地歎氣。

「就算看不到『火焰鐘樓』，我也想多看一次被夕陽映照的校園。」忍者妥協了。

「結業禮在早上舉行，所有同學都要在下午離開學校，可以拍攝金黃色紀念照的日子只剩下幾天。」星美說。

正在談話時，小藍提着大包小包衝入教室，大聲喊：「我找到救星啦！」

「你又搞什麼鬼？」阿匠走過來說。

小藍打開其中一個袋子，全部都是手工精緻的晴天娃娃。

「你又偷偷躲起來了。為什麼不叫我們一起做？」星美以責備的口吻說。

「不，小藍的手藝才沒有這麼好。」阿匠拿起一個晴天娃娃說。

「這些晴天娃娃都是問手工社同學借來的，他們每次用完都會回收喔。」小藍說。

「晴天娃娃不是要親手製作才有效嗎？」忍者問。

「心意最重要，而且環保會加分喔。」

小藍的話聽起來頗有道理，總好過什麼都不做。

於是，大家一起把晴天娃娃掛在教室窗前，誠心祈求明天放晴。

「這個袋子裏面又是什麼？」純純問。

「這個更加厲害，你們不要眨眼啊！噔噔噔噔……」

小藍取出十支長長的七彩羽毛棒，以認真的語氣說：「這是問古代祭典研究社借來的，我們每人拿兩支羽毛棒，一起跳停、雨、舞！」

「你開玩笑竟然可以完全不笑。」純純流下一滴冷汗。

「不，她是認真的。」阿匠說。

天啊！誰要跳停雨舞？實在太難為情了！

星美和忍者交換一個眼色，不着痕跡地向後退。

小藍及時拉着兩人的手臂，在他們耳邊說：「古語有云：『人定勝雨天。』只要我們努力跳停雨舞，太陽一定會出來的！」

「我怕太陽嚇得以後不敢再露面。」星美低喊。

這些就是小藍所謂不要高科技、還原基本步的停雨方法。

誇張、很誇張、非常誇張！

阿匠不是沒想過小藍會做蠢事，但竟然是跳停雨舞，還要拿着道具。

人類已經阻止不了小藍亂來了！

*　　*　　*

六月三十日，大清早便下起毛毛雨。

今天是中三最後一個上課天，S成員並排伏在教室窗前，眺望着灰色的天空發愁，他們看來和「火焰鐘樓」無緣了。

下午，雨停了，可天空仍然覆蓋着厚雲，全無退散的跡象。直到傍晚時分，天色仍然一片昏暗。

儘管無法見證最後的S傳說，但全體成員都不想太早離開學校。

「回家前，我們在校園裏散步吧。」星美提議說。

五人走遍校園每個角落，好像回到中一的時候，每個地方都新奇有趣。來到足球場，他們沒有足球，卻來了一場模擬足球賽。來到棒球場，沒有球棒和棒球，卻來了一場模擬棒球賽。

隨興而來的球賽沒有評判，也沒有規則，他們揮灑着汗水，笑聲在空氣中繚繞。

誰也沒有提及離別，因為誰也不想在最後一天以淚水結束。

然而，即使多麼不想道別，他們終須要回家。

正在離開棒球場時，一道光從五人身後蔓延開來，逐漸照亮了整個球場。全體成員轉過身來，落日剛好降在教學樓正上方，大鐘被夕陽染成橘紅色，好像被火球的烈火焚燒似的。

「火焰鐘樓呀！」小藍瞪大眼睛喊。

「原來不一定在高處，在這麼遠的地方都可以看得到。」星美莫名地感動。

受到地理位置影響，教學樓的大鐘變小了，而且只能看到大鐘的側面。不過，正因為距離遠，他們才能清楚看到「火焰鐘樓」的全景。

「好漂亮！」忍者讚歎。

「而且很壯觀。」阿匠說。

在夕陽的映照下，大家的臉都亮起來了。這一刻，大家都有相同想法——希望太陽永遠不要下山。

純純看着身邊的同伴，可以一起見證最後一個S傳說，已經沒有遺憾了。

現在，就把一直想說的話全部說出來吧。

「我決定了……」

所有人都將目光轉向純純，等待他說下去。

星美看得出純純的神色和平時不同，內心湧上一股不祥的預感。

「我決定暑假去台北探媽媽，然後留在那裏讀高中。」

「怎麼可能？連你都要走？」小藍掩臉尖叫。

「你什麼時候決定的？」忍者一時間難以接受。

「最近。」

星美的預感應驗了。她的眼眶泛紅，淚水在眼底翻滾着。

本來就會升讀不同高中，地域的改變卻加速了分離的步伐，叫他們越走越遠。

那一天，石爸對純純說：「機票可以買雙程，也可以買單程。如果你想陪在媽媽身邊，可以留在台灣讀高中。」

石媽背負的罪疚感恐怕會伴隨一生，純純覺得她的傷口比自己更大更深。他的傷口是由身邊的同伴治癒的，媽媽身邊也有這樣的朋友嗎？不，就算媽媽有相知相伴的朋友，也只能減輕她的痛楚。

純純反覆思忖，最後發現只有他才能令媽媽的傷口癒合。現在，他可以做的就是陪在她身邊，彌補彼此錯失了的時間。

當同伴都為純純的決定感到愕然時，只有阿匠保持冷靜，沒有被他嚇倒。得知真相後，以純純和石爸的性格，他隱約感覺到純純會去找石媽。

純純不是小孩子，石爸會選擇放手，讓他自行作出決定。再說，初中跟父親生活，高中跟母親生活，算是公平了。三年後，誰知道純純會去哪裏呢？

「你是經過深思熟慮，才作出這個決定吧。」阿匠說。

「嗯。」

「純純，我捨不得你啊！」小藍淚眼汪汪。

「我會支持你的。」忍者拍拍臉頰，調整心情，再搭着純純的肩膀說，「我們是好兄弟，我會支持你的決定，加油！」

「什麼好兄弟？噁心死了！」阿匠不屑地說。

「匠老大，你也是我們的好兄弟呀！」

「不，我不是。」

「呀，我知道了，你害羞！」

經歷了這麼多事情，純純也把他們視為好兄弟，只是心照不宣而已。

純純「噗哧」一笑，說：「謝謝你們！」

「啊，我以後去台灣旅行，豈不是可以找你做導遊。」小藍迅速從傷感中恢復過來。

「嗯。」

「高中畢業旅行可以考慮去台灣。」阿匠說。

「三年太長了，高中開學前，我們先去開學旅行囉。」

星美終於明白了，那天在書店裏，純純本來想對她說的就是這件事。母子重逢是值得感恩的事，震驚過後是滿心欣慰。

那時候，星美想着下次一定要把心底話說出來，原來錯過了最好時機，就沒有下次了。

是的，就算現在兩人再有獨處的機會，星美也不會把喜歡純純的心情說出來。她暗自決定，有一天，在某時某地再次遇偶純純，喜歡對方的心情依然沒變的話，到時才對他說出心底話。

「我們一起看過『火焰鐘樓』，感情不會斷，除非又有人故意躲起來啦。」最後一句，星美故意提高聲調。

「我不會的了。」純純笑着說。

夕陽的餘暉冉冉落下，最後一個S傳說將會成為他們美好的回憶。

* * *

七月二日，誠修書院中學部在學校禮堂舉行結業禮，同時也是純純、星美和忍者的初中畢業禮。

由於大部分中三同學在原校升讀高中，現場聽不到飲泣聲，也沒有濃重的傷感氣氛。

當結業禮結束，忍者走出禮堂，隨即化身「人肉布景板」，被眾多女生簇擁着，紛紛要求合照。

漫畫研究社有兩名中三成員離校，幹事們把他們喜歡的漫畫角色做成橫幅，讓星美和其他成員拿着橫幅拍照留念。

純純在3A班是個透明人，班裏沒有人在乎他的去留。操場和草地太多人聚集，他不喜歡人多熱鬧的地方，獨個兒離開人羣。

「我剛才說了很多話，現在很口渴。」

阿匠不知從哪裏冒出來，和純純並肩而行。

「我已經畢業了，你沒辦法再要脅我。」

純純聽得出阿匠想他做跑腿，幫他買飲料。

「你似乎混淆了幫助和要脅的用法。」

「不要開玩笑了，你的字典裏沒有『幫助』！」

「嘿，知我者莫若純純。不過，我對你也不是漠不關心啊！」

一股寒氣朝純純撲來，直覺告訴他阿匠的「關心」不懷好意。

自問沒有做過壞事，阿匠憑什麼作出要脅？

「有人未經 Restart 的店員同意，在顧客留言板撕走花語字條，聽說犯人到現在還沒向店員道歉。」

「你怎會知道我當時做過什麼？」純純幾乎把這件事忘記了。

「什麼？原來你就是犯人嗎？知情不報不好啊！我要不要把這件事放上網呢？」

「我今天會親自向店員道歉，你休想奸計得逞。」

「誰叫小事化大是我的嗜好，我很想看看網路公審和人肉搜查的厲害。」

「你很卑鄙！」

阿匠把零錢放在純純的手心，賊笑着說：「我想喝檸檬茶。」

「可惡！」

萬料不到在誠修書院最後一天，還是逃不出阿匠的魔掌。

我們不是好兄弟，絕對永遠不會成為好兄弟！

純純咬牙切齒，悻悻然走向自動販賣機。

小藍、杏花和嘉莉莉受到熱鬧的氣氛感染，她們跟星美和忍者合照後，繼續在校園裏瘋狂拍照。

黑馬不斷在三個女生附近徘徊，他很想和杏花合照，卻不敢主動出聲。可惜，他來回走了幾遍，她們都察覺不到自己的存在。

由中一到現在，黑馬一直留意着杏花。三年以來，他經常像這樣在她面前出現，卻無法和她說上一句話。

明天開始放暑假，最後一天了，難道初中生活就這樣黯然落幕？

「喂，過來幫我們拍照啦！」小藍向黑馬揮手。

「是！」黑馬極速飛奔上前。

嘉莉莉把手機交給他，說：「我們想拍全身照。」

「放心交給我吧，我一定拍得很漂亮的。」

三個女生摟在一起，望着鏡頭展露燦爛的笑容。

黑馬用心調校鏡頭角度，務求捕捉女生們最美的一面，拍出最好看的照片。

交還手機後，小藍等人頭貼頭重看照片，重複説着好漂亮、好可愛！

「謝謝黑馬！」杏花說。

「你……你知道我的名字？」

「嗯，我每次來 3B 班都見到你，你坐在嘉莉莉附近，聽到大家都叫你做黑馬。」

太好了！杏花留意到我啊！花了三年時間，不斷爭取機會在她面前出現，原來沒有白費。

「是的，我叫黑馬，明年讀文科班，修讀地理和西史。」

「我叫杏花，也是選修地理和西史。我們高中開始是同班同學了，一起加油吧！」杏花嫣然一笑。

當初填寫選科表，黑馬純粹依照個人能力和興趣選科，並沒有事先調查杏花的意向。遞交選科表後，他想過向小藍或嘉莉莉打聽杏花的情況，卻一直不敢主動詢問。

這一刻，黑馬好像聽到小藍的聲音：「古語有云：『守得雲開見杏花。』」小藍是天使，他終於體會到從堅持而來的喜悅了。

黑馬激動得熱淚盈眶，背着杏花仰望藍天，在心裏吶喊：「神啊！謝謝祢！為了報答祢的大恩大德，我升上高中後一定會用功讀書！」

*　　　　*　　　　*

下午，大部分同學都離開了，校園再次回復寧靜。

S成員捧着《S傳說紀錄大全》來到學校的圖書館。每年暑假，圖書館管理員都會盤點書籍，他們不能把《S傳說紀錄大全》放在一般書架上。

今天不是上課日，圖書館只有一位老師在櫃台當值。他們趁老師埋首用電腦時，悄悄潛入最裏面的房間，輕力把房門關上。

這個房間擺放年代久遠的舊書和舊刊物，只有圖書館管理員可以進入。老師同學很少借閱這些舊書，因此不在盤點的範圍內。

雖說找到收藏地點，但密集的書架使人頭昏腦脹，他們都有點迷惘了。

「可以藏在哪裏呢？」小藍低聲問。

「不能太容易被人發現，也不能讓人找不到。最好放在視線水平位置，書脊不能外露。」阿匠分析說。

「匠老大，這裏可以嗎？」忍者指着書架中層問。

阿匠點點頭，忍者伸手取出書架上的中文古籍。

「等等！我們不如先……」純純說。

「拍照留念。」小藍和星美說。

他們互相看着彼此，嘴角揚起一抹淺笑。

「又拍照？今天是誠修拍照日嗎？」

阿匠一臉不爽，卻自動走到同伴中間，配合大家擺姿勢。

忍者手臂最長，負責拿手機。小藍捧着《S傳說紀錄大全》，五人緊靠在一起，拍下S傳說研究社的最後合照。

拍照後，阿匠在書架中層取出五本中文古籍，小藍把《S傳說紀錄大全》放在書架後，阿匠再把中文古籍放回去，遮蓋着《S傳説紀錄大全》。

就像一個神聖的儀式，成立一年的S傳説研究社正式解散。

這本書要過多久才會被人發現呢？到時候，還會有人像他們一樣熱衷於查證校園傳説嗎？

時光荏苒，終有一天再沒有人記得哄動一時的校園傳説，這些故事卻會像烙印一樣銘刻在他們的心底裏。

* * *

暑假期間，許多社團為了籌備下學年活動，幹事們都要回校開會。

一個晴朗的午後，阿匠特地回校參加廣播社的會議。會議中，有幹事提議下學年增加午休點唱環節，好讓同學們許願或送上祝福。

阿匠驀然記起曾經在茶花樹綁上許願籤，不知道是否還在那裏，打算會議結束後去種植場看看。

途經中央廣場，一個穿便服的男生左右張望，一副茫然的樣子。

「請問……」男生截停阿匠。

「什麼事？」阿匠問。

「我想去校長室，但好像迷路了。」

你是笨蛋啊！從正門進來時，就應該向保安員查詢校長室的位置。校長室在校務處裏面，在這裏看不到。校園太大，看他傻頭傻腦，恐怕再繞十個圈都找不到。

他的年齡不像中一新生，應該是轉校生吧，為什麼直接見許校長？

這個人看來很有趣！

「我帶你去吧。」阿匠說。

「謝謝！」

阿匠帶男生走過林蔭步道，蟬鳴響遍校園，走了不多久便汗流浹背。

操場有同學跑步和打排球，吸引着男生的視線。

「你以前參加什麼運動社團？」阿匠問。

「不，我沒有參加過學校社團，也不擅長球類運動。我只是覺得這裏和紐約的學校很不同。」

阿匠之所以這麼問，不僅是男生的視線，還有他結實的手臂和標準的身形，很明顯是長期做運動的人。

「從紐約來嗎？父母工作的關係？」

「算是吧。」

男生答得含糊，就是不想說下去。阿匠再好奇，都知道話題到此為止。

「前面就是校務處，校長室在裏面。」阿匠停步說。

「謝謝！我叫程弘司，下學年讀中四，你叫什麼名字？」

「葉山匠，我也是讀中四。」

「你真好人，希望開學後可以和你同班。」

惡魔的字典裏沒有「好人」！

「你到時可能會後悔今天說過的話。」

弘司把頭偏向一邊，無法理解阿匠話裏的意思。

阿匠牽一下嘴角，揮一揮手，向着種植場走過去。

那時候，阿匠和弘司還不知道升上高中後，他們將會成為最好的朋友。

不只這樣，他們將來還有可能成為一家人呢！

* * *

勇哥不在種植場，溫室裏也沒有人。

阿匠走到種植場後面，白茶花已經凋謝，樹上一片墨綠。

樹枝上掛着六張過膠的彩紙，在微風中輕輕飄揚。因為許願籤是公開的，人人都可以看到對方的願望，所以大家都不會寫秘密。

阿匠寫着：「希望在學業上遇到一較高下的對手！」

小藍則寫着：「希望和好朋友永不分開！」

阿匠在心裏想，小藍的世界只有家人、朋友和輕鬆小熊，什麼時候才能容納其他人呢？

「喂！」小藍忽然跳出來。

「跟蹤狂！」阿匠不客氣地還擊。

「還以為你會嚇一跳？真沒趣！」

「我不是聾子，聽到腳步聲。你回來做什麼？」

「你收不到我的短訊嗎？」

「什麼短訊？」

阿匠查閱手機即時通訊軟件，才發現在他開會時，小藍在S傳說研究社的羣組裏發出一個訊息——

「你們的許願籤可以給我收藏嗎？」

星美、忍者和純純都回覆說沒問題。純純問過勇哥，也說可以給小藍。

「我以為你是看到短訊才來這裏喔。」

不，我只是心血來潮，未免太巧合了！

阿匠搖頭失笑，笑自己竟然為了這種巧合而高興。

「我是社長，當然由我回收社團物資。」

阿匠推開小藍，走到茶花樹下，解開許願籤的繩子。

「不行！全部都是我的啊！」

小藍擠上去，和阿匠推推撞撞，鬥快解開所有繩子。

初中結束，高中將至，讓人有點寂寞，卻又充滿期待。

就這樣，收藏起各式各樣的心情，懷抱着許多難忘的回憶，在同一個地方，踏上全新的旅程吧。

惡魔小劇場 四

暗算教室

後記

這個系列真懸疑！

利倚恩

《校園謎團事件簿》完結了，感謝大家看到最後啊！整個系列共二十個謎團（S傳説），你最喜歡哪個故事呢？

起初，有同學以為校園傳説即是鬼故事，擔心太恐怖不敢閱讀。但當同學翻開小説後，便一直笑個不停，投入既懸疑又惹笑的故事之中。

創作這個系列期間，我和S成員一起破解各種謎團，過程充滿樂趣，連幽靈和妖怪都變得可愛了。

不過，我有時也會在故事中放「洋蔥」，令大家措手不及，哭濕了多張紙巾。你會被小藍牽掛紫柔的姊妹情觸動嗎？你會為純純的自卑和軟弱感到難過嗎？你會為星美聲嘶力竭的吶喊而心痛嗎？

每次寫感動的情節時，我都會一邊放「洋蔥」，一邊抽抽噎噎。有些情節經過多次修改，我已經看過很多次，還是看一次哭一次。盼望，那些觸動心靈的訊息也能傳達給你們。

經過一年相處，S成員都成長了，彼此產生了強烈的牽絆。縱使他們將會在不同地方讀高中，相信以後還會再見面的。

咦？阿匠當初主動找純純，是一早知道他的問題，想把他再次帶到人羣中，抑或純粹覺得「虐待」純純很好玩呢？嗯，阿匠的個性難以捉摸，這個謎團就留待你們去破解吧！

小藍、紫柔、阿匠和弘司的故事還會在《蝶舞傳説》系列（全十冊）延續下去，講述他們在誠修書院中五和中六的校園生活。紫柔和弘司還會帶着大謎團在小説中登場呢！

説起來，「蝶舞傳説」的成員也有在《校園謎團事件簿》中客串，你找到他們嗎？

再次感謝大家的鼓勵和支持！希望你們都能享受閱讀的樂趣！

飛躍青春系列

車　人
- 青蔥歲月
- 穿越百年的友誼
- 異國的天空
- 遊戲迷之旅
- 我不要再孤獨

君　比
- Miss，別煩我！
- 他叫 Uncle Joe
- 四個10 A 的少年
- 誰來愛我
- 夢醒之後

利倚恩
- 再會於紫陽花部屋
- 那些相依的歲月
- 愛令世界轉動
- 甜甜圈日記
- 甜甜圈日記(最終回)
- 走在櫻花樹下的日子
- 我心中住着一個他
- 那些相依的歲月(最終回)
- 愛伴我高飛
- 蝶舞傳說1 · 再次牽着你的手
- 蝶舞傳說2 · 給你溫柔的擁抱
- 蝶舞傳說3 · 你是我的守護天使
- 蝶舞傳說4 · 陪你走過每一天
- 蝶舞傳說5 · 你把我放在心上
- 蝶舞傳說6 · 只想留在你身邊
- 蝶舞傳說7 · 奇妙相遇篇～給未來的禮物
- 蝶舞傳說8 · 但願你會明白我
- 蝶舞傳說9 · 只要有你的微笑
- 蝶舞傳說10 · 結局篇～永遠牽着你的手
- S傳說來了1 · 許氏力場
- S傳說來了2 · 怪盜K的復仇
- 校園謎團事件簿1 · 時光魔鏡
- 校園謎團事件簿2 · 惡夢黑洞
- 校園謎團事件簿3 · 奇跡之花

阮海棠
- 再見，黎明

宋詒瑞
- 少女心事
- 少男心事
- 生活中不能沒有愛
- 倔女兒Vs嚴媽媽

卓　瑩
- 那年我十四歲
- 讓我再次站起來
- 像我這樣的幸福女孩
- 原來我可以
- 請你靠近我
- 我不是草莓族
- 回到冰雪上的日子

胡燕青
- 頭號人物

韋　婭
- 兩個Cute女孩
- 成長的煩惱

馬翠蘿
- 這個男孩不太冷
- 非典型女孩
- 跨越生死的愛
- 鋼琴女孩
- 愛是你的傳奇
- 迷失歲月

孫慧玲
- 旋風傳奇1 · 旋風少年手記（修訂版）
- 旋風傳奇2 · 魔鏡奇幻錄（修訂版）
- 旋風傳奇3 · 旋風再起時

桃　默
- 超「凡」同學之實驗室幽靈事件
- 超「凡」同學之不可思議昏睡事件
- 超「凡」同學之神祕綁架事件
- 超「凡」同學放暑假
- 超凡新同學之天水圍城事件
- 超凡同學破奇案
- 超凡新同學之模特兒FANS瘋狂事件
- 超凡同學漫遊魔幻王國
- 超凡新同學之怪獸出沒事件
- 法中女子足球部
- 法中女子足球部 2 出線任務
- 法中女子足球部 3 全國大賽篇
- 超凡同學VS超時空守護人

梁天樂
- 青春火花
- 不能放棄的夢想
- 擁抱夢想
- 打出一片天
- 瞇上眼睛看你

麥蒔龍
- 逃出無間

麥曉帆
- 愛生事三人組
- 妙探三人組
- 鬼馬三人組
- 明星三人組
- 至叻三人組
- 拜金二世祖
- 玩轉火星自由行

黃虹堅
- 十三歲的深秋
- 五月的第一天
- 媽媽不是慈母
- 醉倒他鄉的夢

鄭國強
- 我們都是第一名
- 和好朋友說Yes
- 叛逆排球夢

關麗珊
- 浩然的抉擇
- 中二丁班
- 我不是黑羊
- 睡公主和騎士

周蜜蜜
- 來自星星的小王子 · 壹 · 神秘的約定
- 來自星星的小王子 · 貳 · 真假「王子」之謎
- 來自星星的小王子 · 叁 · 小王子的星球